青春日記

渡辺　晋

海鳥社

はじめに

志賀直哉が昭和三十二年に「新潮」に書いた文章の中に次のような一節がある。

「――私はこの二、三年、今度は、『俺は小説を書く為に生れて来たんじゃない』と云いたくなる事が時々ある。そして、私は『生れたから偶々小説を書いたまでで、小説を書くために生れて来たのではない』と本気でそう思うのだ。後にも先にもただ一度の生涯をよく生きる事が第一で、その間に自分が小説を書いたという事は第二だという気がするのだ。（中略）

私は今、七十四歳で、前に考えていた事から云えば何も書けなくなっているはずなのに、未だに何かこまごまとしたものを書いているが、それは知らず知らずに、画家が描くようにものを文章で書いていたような気がする。

私は所謂小説らしい小説を書きたいとは思わないが、仮りにそう思ったとしても、そのために自分が嫌いになった人事のイザコザを見たり聞いたりする気にはならない。其所で私は、『自分は小説を書くために生れて来たのではない』と云いたくなるのであるが、生れて来て、小説を書いたという事は勿論、後悔はしていない。他の事をするよりはよかったと思っている。只、若い頃のように一も二も三も小説というような気分は今の私には無くなってしまった。

あと何年生きられるか分らない。又、生きていても頭が駄目になってしまう事も近頃は頻りに考えられるのだが、それでもとにかく、一人の人間として、この世に生れて来た事に就いて、何ものにも捕われる事なく、もう少し、自分なりに、考えて見たい気がする。──」

私は耳鼻咽喉科医である。

九州大学病院で勤務後、福岡県済生会福岡総合病院に転出し、そして今は、耳鼻咽喉科開業医として毎日を送っている。祖父、父、兄が医師であるために、医師以外の人生の選択肢はないという無言の宿命のようなものがあった。今は耳鼻咽喉科一般診療とめまい・平衡障害の専門外来を行ないながら、医師になってよかったと思っている。しかし、青春時代は「何のために生れて来たのか」という事を常に考えていたような気がする。

この本は、私が高校生から医学部学生の頃に書きためた日記・随想録である。十七歳からの稚拙な短文録であり、生意気盛りの一人よがりの文章ばかりであるが、その当時は自分なりに、ただ一度の人生を懸命に生きていたと思う。青春は二度と再び還らない。ほぼ半世紀近く前の文章は恥かしくもあるが、懐しくもある。

二〇〇九年十月三日

渡辺　晋

青春日記◉目次

はじめに　3
高校時代1（昭和四十年）……7
高校時代2（昭和四十一年）……87
大学時代（昭和四十二年以降）……179
おわりに　223

高校時代1

（昭和四十年）

＊

夜寝ても口ぶえ吹きぬ
口ぶえは
十五のわれの歌にしありけり

この歌は啄木の歌である。何となくぼんやりともの悲しい感じの歌である。彼はよく中学生のころのことを詠んでいるが、これもそのころ首席でいた中学のときに、得意満面としてよく歌った歌なのであろう。それにくらべると今は、何とふがいないことよと一人思うのである。昔はよかったなあという心境なのであろう。

昔を思い出し昔の方がよかったと思う人は進歩のない人だそうである。啄木も進歩がなかったのか。そうかもしれない。いつもいつもそれが重荷になって、朝に目をさましても、ああ今日もまた得るところなく自分は暮すのかと一人思うのである。そして妻やなにかに一寸したことで愚痴をこぼしてみたくもなろう。

啄木がひどいエゴイズムの持ち主であったとはよく言われる。それは毎日がダラダラとしていたから内心面白くなく、弱い者に八つ当りしたのであろう。社会では色々な人が明治の時代を荷なって大きく活躍しているのに、一人彼は、学校は主席で出たけれど……と後悔しているのかもしれない。

枯葉がカサッと落ちるのを見ただけでセンチメンタルになる彼が、生活の中に色々と悩みを覚えぬはずはない。そして、我々は啄木のどの歌をみても胸にこみあげてこないものはない。何となく侘しい哀愁をたたえているのである。生活そのものの歌だからである。夜、床についてからなんとは無しに考える。すると彼には、頭の底から次から次へと子供のころの校舎が浮かんでくるのである。その中には鉄幹のごとき大きな理想はないにしても、真実の歌として、心の写生として彼の歌は我々の心をいやが上にもゆさぶろうとする。

夜更けて電灯写りしガラス窓
我が顔を見て今日のこと思ふ

「春琴抄」


まず私の念頭にあったのは、谷崎の作風である。いわゆる「悪魔主義」という奴で、それに興味を持ったといっていい。ところが、読んでいくにつれて、その一分の隙もない筆致に圧倒された。そして彼の唯美主義もよくうかがわれるのであった。

何か神的なものを感じる反面、悪魔のような心をもった少女の姿がよく描かれている。寸分のくるいもないのである。日本的な情緒をたくみにおり込んでいて、きびしさも感ぜられ、荘重でもある。三島由起夫が、「谷崎氏の小説はブドウ酒の味だ」といったのは、けだし名言であろう。

次に内容をみよう。最も重大な部分はやはり春琴が悪漢によって惨めな姿になるところだろう。「佐助、わては浅ましい姿にされたぞ。わての顔を見んとおいて」と、夢中で彼女は言う。彼女は自分に対する佐助の熱烈なあこがれを壊したくなかったと思われる。またそのあとでも他人はおろか、佐助までも繃帯をとらせなかったのである。そして佐助は佐助で、彼女のさもみにくくなったであろう顔はつゆ想像もせず、ひたすら過去の春琴をよすがとして生きたのである。

二人はこうやって互いにひきつけられているにもかかわらず夫婦にはならなかった。何故だろうか。春琴のプライドが許さなかったのであろう。佐助は内心こう思ったであろう。自分がもし彼女と夫婦になれば、いままでの理想だとか、あこがれだとかが一挙にくずれさってしまいはしないかと。そこには日本の封建的な主従関係のその美しい面があらわれているのであって、そこがこの小説のよさでもある。

超自然的なるもの

龍之介が自殺したのは欲張りだったからだ。あまりに絶対的なもの、神的なものを求めすぎたからだ。探究しすぎたからだ。

人間の智力はいかに全世界を支配するものであろうと、神の眼には微々たるものにすぎない。大きな力にけとばされてしまう。けとばされてもく妥協せずにオールマイティなる真理を追求せむとした者は、敗れてしまうのである。人間の非力さを、はなはだあきれつつも尚追求しようとする者は亡ぶしかあるまい。絶体絶命になって亡ぶしかあるまい。人間である以上しかたあるまい。私は思う。この世に人間以上の存在はいないのだから、そう必死になって形而上学の諸問題を追求することもあるまいと。

絶対に不動な真理が求められても、いつかまたその次の問題がおこるであろう。凡人がきいて、何をしているのかさっぱりわからぬようなことを追い求めて何になろう。それより失われつつある時間をもっと大切にすることだ。一歩一歩人間としての道をきわめるのだ。

また思う。最近映画などで芸術的だとか言って、何ともわけのわからぬものをつくっているが、あれはゆきすぎだと思う。自分達ははたして、実体をつかんでいるのかも疑問である。芸術というものは、人間に本来そなわっている感覚をひき出させる役目をもっているのだから。人間にない異次元の観念を創作してみてもだめであるし、またそれ自体不完全なものだと思う。

武者小路実篤

武者小路氏は私の尊敬する芸術家である。今年の一月二十七日に書店で「人生読本」というのを購入してまだ四ヶ月足らずであるが、氏の偉大さを自分なりに認めたような気がする。

まず、氏の思想は現実に立脚した極めて健全な思想であるということだ。孟子的な思想である。世をさげすんでそこから解脱することを唱導するようなものでもなく、個にかたまってゆがんだ思想ともほど遠い。いわゆる性善説に立脚して、この世を明るく、住みごこちのよいものにしようという理想をかかげて、悩み多き人達に道を教えてやるような思いやりがある。

氏は言う。人間は一旦生まれた存在であるから、与えてもらっていないものに文句を言う前に自分に与えられた可能性を試よ。そうすれば人間にいかに多くのものが与えられているかがわかるであろうから。これも人生に疑問を抱いてボンヤリしている若者にとってはよき警句である。

氏の偉大さは、若者によくみられるいわゆる現実否定の立場をとらずに、あくまで肯定の姿勢でいこうとするところにあるのかもしれない。

＊

今日は三月十四日だ。すっかり春らしくなってぶらりと庭に出てみる。顔と背に陽をうけて、身も心も清められ、温められる感じがする。土の上にも一、二匹の蟻がノロノロと歩いている。椿も木瓜も真紅の花をひとつ、否、ふたつ咲かせ、いままでじっとしていた鯉も活発に泳ぎ出し、時折パチッと水音をさせていた。

私は庭のまん中でしゃがみ、黒い、しかしほこりをかぶって少し白ばんだジャリをザラザラと手ですくっては春の息吹を味わおうとした。もうすっかり春だ。

悪について

毎日〳〵新聞やラジオやTVを観ると、犯罪は実に絶えた事なく、ひっきりなしである。どうしてこう多いのだろうか。ねずみ算式に殖えている。

考えるに、人間の心の中に悪の部分が存在するからではないか。相手の失敗をほくそえむ心、ヒトラーの残忍性に満足する心は、岩野泡鳴のいわゆる「神秘的半獣」なる人間をものがたっていよう。人間の心の中に善なるものと同時に悪なるものが存在するのは確かである。世の中がどんなに良くなろうと根絶はしまい。世の中が平和になっても人間は何か悪どい刺激を求めて悪いことをしようと漁る。人の心の sin が crime になって現われるのである。

人はすべて悪心を持っている。もっとも、赤ン坊には悪心がない。それは精神が発達していないからだ。大きくなるに従って、やけどの痕みたいにひろがるのである。第一、赤ン坊は he や she では受けずに、it で受けるではないか。だから人間と名のつくものにはみな悪心がある。しかし、ただそれを顕すか否かにかかっているといえよう。

悪意識があるといって、そう悲観することもあるまい。すべてをかみ分けた大らかな人間が望ましい。人間の心がすべて悪だというのではないから。善意識をのばしていくべきなのだ。そして善意識がうまく悪をおおいかぶし、すっぽりとつつんでしまったときに、この世は住み心地がよくなっていくのだ。悪はそっとしておこう。雑草のつみとられていない世の中なら出来るかぎりつみとろう。ハムレットはその雑草を見てなげいいた。しかし恒常的にハムレットであってはいけない。

＊

天の原ふりさけみれば春日なる
三笠の山にいでし月かも

これは安部仲麿の歌だ。彼は十六歳にして唐に渡り、三十五年間仕えてさて帰国しようと思ったら、その舟が途中で難波し、その後また唐に仕えたという人である。十六歳というのだから私よりも一つ年下であの難しい遣唐使になって行ったのだからおどろく。日本の国を背おって立つ者として自他ともにゆるしていた彼であるが、不幸再び日本の土を踏む事はなかった。その仲麿が涙ながらに大空を仰いで詠んだ歌である。

かつて自分がまだ若かったころ、春日にある三笠の山の方にぽっかりと浮かんでいた月が、今こうやって見やっている月と同一の月なのだろうか。とてもそうは思えまい。しかし、昔の日本をたぐることの出来る唯一のものは、この無情に青白い月なのだと自分に言いきかせていよう。そしてその月が、「過去」と「現在」を結びつけているのである。過去の日本の姿をかろうじて思い出しながらも、一人望郷の思いに涙するのである。百人一首にあってこの歌は実に実感のこもったいい歌だと思う。

ルソー

ルソーは生まれもよく才能のある子供であったが、その後、数奇な運命をたどり、不幸、貧困のうちに亡くなったのである。この動乱の生涯の中で、いつも持ちつづけていたものは自然への愛着である。自然は自分を欺かない。人間のこのきたない世界は文明のなせる業であって、自然状態が一番よいと、そう思った。だから「エミール」では、子供の才能を自然にすなおにのばしてやろうといっている。その自然とは人間の心が金に対する執着や、極端な利己主義や見栄などでゆがめられていないものである。

ルソーは「自然」を主張したのである。しかし、当時の社会には彼の言はみとめられなかった。社会の上層部はこのような自由な思想をおそれたのである。権威を崩壊される恐怖から彼らはルソーを迫害したのであった。ルソーの方にも非がなかったわけではない。彼は情熱家特有の冷静さを欠いていた気がする。なるほどルソーの思想はその後のフランス革命に立派につがれたとはいえ、この薄命の大思想家は不満足に死んだのである。社会契約説を未完にして。

克己心

人間にとって最も大切なものは克己心であろう。悪の存在は克己心の不足を如実にみせつける。受験生活にしても克己心こそ栄光への道である。儒教思想の「仁」も第一には自分の意志で自分の正義を行なえることを、つまり自分のわがままを制せられることを言う。世の中の人が克己心を兼ね備えていれば、世の中はもっと良くなろう。

合理主義

夜、父が持って来た薬の箱で、米国製のものと日本製のものとがあったが、おどろいたことに、米国製のものはその説明が紙箱の裏に書いてあったのだ。むろん国産のものには説明書が山とつけてあったが。この米国のやり方こそまさしく合理主義だと思った。ケチではなく、むだな消費を省くためのものである。その点、日本のものは無駄が多い。浪費的である。デパートにいっても実に生活に不必要なものが多いのだ。またその精神は日本人一人一人にしみこんでいるのだ。これをどうにかしなければ、貧乏国日本は倒産である。ずるずると自滅の一途をたどっている気がしてならない。

現代芸術の方向について（弁論大会）

最近の映画にはよくわけのわからぬものがあります。いわゆる芸術的だと銘うって我々凡人にはピンと来ぬようなもので、下手をすると不快をともなうようなものもあります。映画に限らず、テレビにも、最近はやりのあの芸術祭参加作品というやつですが、これも思うに得体のしれぬゲテモノの山です。

文学においても絵画においてもいえると思います。さきごろ出版された「危険な思想家」というのもあきらかに近ごろおかしくなったムードを指摘しています。

ではいったい、こういったムードはどこに端を発しているかといいますと、私はまず、第一に平和なというか泰平ムードというか、戦後二十年間の気のぬけたような経過に原因があると思います。つまり、平和といっても何もよいことばかりとはかぎらないのでして、平和のおかげで人間が変な方向に走るという危険性もあるのです。それというのも何か刺激を求めてそうするのでありまして、人間が平和な現状に対して何かモヤモヤとした不安を感じるからであります。

ここ数年間の第三面をみてみますと、全く頭を疑いたくなるような狂った犯罪をみるのも、この不安の中におこる衝動だと思います。例えば、東京農大のワンダーフォーゲル事件は、例としてはあまりパッとしませんが、異常なことでは天下一です。実際、ワンダーフォーゲルの意味がわかっているのか不思議に思います。それで「ワンダー」なんていうのかもしれませんが。この残酷なシゴキはずっと以前からあったと思いますが、もしかしたら残酷映画の流行で刺激されたのかもしれません。それというのも実は三船敏郎の「天国と地獄」以後誘拐事件が相次いだという事から類推しているわけです。もちろん「天国と地獄」は私も観て感銘に残った映画の一つでして、受け取った側のうちの少数のものがとんでもない事をしでかしたのであり、何も映画が悪いというのではありません。

閑話休題、こういう衝動的な犯罪ほどおそろしいものはないと思います。つもりつもった不安が一度に爆発するわけですからたまったものではありません。ところが、この不安というのももともとは社会に対する不安だと思います。政府に対して憤りを感じたり、教育戦争に腹がたってくることなどに発するのですが、ただこれが自分一人の力ではどうにもならないと思うときに、不安がつのるのであり、無気力になるのであります。次にまた、この平和な時代に我々が空虚なものを感じるとしたら、それは一つは長い歴史の流れにおいての目的を達したあとの空虚さだと思います。すなわち源平の合戦から戦争のたえなかった時、あるいは戦争の合間の平和な時代においてすら身分の差による苦しい生活があり、身分の高い武士においても、いざ主君のためには命を捧げねばならぬという重苦しさを感じつづけていて、いまやっと戦争もおわりホッとして二十年、思った程平和な時代はよいものではなかったというわけです。

そういったただれたムードの中で既成の概念が次々と崩壊していったというのが現状でしょう。現在の日本の状態が物質的には十分満足のゆくはずの状態でありながら、こういう心のみたされぬ状態で人々は生きているのです。そんな風な中で出来た、例のわけのわからぬ芸術は真の芸術といえるでしょうか。いままで自動車が走る凶器といわれてきましたが、新たに曲った芸術を凶器と呼ぶようになるかもしれません。

私はこう思います。もともと芸術は本来人間に備わっている観念みたいなものをひき出させる役目をするものである。従って、人間にはないような異次元的なものを持ってきてもダメであります。不完全であります。もっと堅実なものを創作する方が賢明でしょう。ところで、これは私の場合ですが、今の美術、つまり二十世紀の、たとえばダリだとかキリコだとかタンギーだとかいった人の絵画は、まあわけのわからぬという人もありますが、私には少しわかるような気もします。ダリにすれば、未来の姿を暗示させるようなゾッとする絵をよく書きます。ある人は、文明の曲った方向への発展を予言するものだといいますが、然りともいえそうです。

私はこの意味で彼の作品はある程度わかるといえそうです。しかし、私はその近づいた範囲内の事がわかるのであって、それ以上の抽象的な事はもうわからないという事でもあります。

人間の抽象的なものに対する感じ方はある限度があり、それはその人の知性の可能性を幾分か上まわる程度しかないのであって、その限界を越えると、もはやその人は、その事柄に関しては無関心となります。たとえば我々は時間というものを考えて、時間をくぎってみたりしますが、時間の存在性について真に考えてみますと、気が狂いそうになります。人間のワクをこえているからです。また宇宙についても同様ですが、今の天文学者は宇宙を限って、それ以上に宇宙はひろがらないという前提で考えてゆきます。そうしないとあとが進まないのです。ワクをこえているからです。

だから芸術作品を作るときも人間の現在の知力と、それの及ぼす力の範囲内でなされることが必要になってきます。もちろんその範囲も人によって異なるのですが、これも神の眼からみれば、微々たるものにすぎません。人がある芸術作品を読みおえるか見おえたときに感ずるものがないといけないのです。それがない場合、いやしくも読者や観客が一応の良識を持つ人であるかぎり、それは観衆が悪いのではなく、その芸術作品がひとりよがりをしているという事だと思います。ひとりよがりにも二種類のものが考えられ、一つはゴマカシであり、今一つは俗なものと妥協しないという意地から生ずるひとりよがりですが、後者は前者よりもタチの悪いものでありまして、現在の芸術が人にわからないという印象を抱かせるのは、この後者の方だと感じます。

結局、たとえば「赤ひげ」だとか「証人の椅子」みたいに、人間の想像のワクのギリギリまで働きかけたものがよいのであります。不安な状態を背景にして。しかも社会とあくまで孤立的な立場をとろうという意地で創作することは実に危険です。人間の抽象的なものへの感受性というのは限度がありますから、やたらに空をつかむようなテーマを力んでもしかたのないものです。

また、人間のワクも鍛練によってひろがっていくでしょうし、正当な姿で超人間的なものに近づくでしょう。創作者の使命は、人間の見識を確実な歩みで進ませてやるという事です。それを急にペースを狂わせて人間のあやふやな芸術観を、今の創作者はゆがめているのです。しかも、さらに悪いことに人間がそれにまどわされて、例えていうなら裸の王様を見て、自分が口に出したら、芸術もなにもわからぬ奴といわれるのをおそれて同調しているのです。改めなければいけません。

ヘッセの文学

何はさておき、ヘッセ自身が受験勉強をしいられて神学校には入り、そしてとうとう神学校をやめるにいたったことは注意すべきである。彼の文学には、自然描写が多い、つまり郷愁的ロマンがそうとう量をしめている。これは自然へのあこがれを示すもので、青春の哀感ともいうべきものである。彼自身「思出」という形で書いているが、これは人間によくある生まれる前の世界への牽引、つまり前世への愛を物語るものであろうか。「悲しみ」や「あこがれ」や「狂喜」といった激しい心の変化をよくとられているのは見事である。

彼の文学は内容的に言って、たとえば「人の道と天の道の葛藤」などといった思想的なものではなく、非常に感覚的であるが、確かに真実がこもっている。青春期はなるほど悩み多きものであろう。しかし人はこの「春愁」や「秋愁」のようなほろりとした感情にひたりながらも、自分の生命感や人生的なものをひしひしと感じる。そしてみんなで手に手をとって生きたいものだと何の抵抗もなく思うのである。我々はそういう時間をもっと持たなくてはならない。自分一人で野原にねころんで、あるいは川のほとりで日のくれるまで考えてほしい。ヘッセの文学は人間性をとりもどしてくれる文学である。

＊

今度の参議院議員選挙で八田一郎氏が出ている。おそらく当選することであろう。しかし政治のことなど全く知らず、ただ有名というだけで当選するとしたらどういう事だろう。前回は藤原アキ氏が最高で当選している。

ひとえに日本人の政治への無関心を示している。悪循環のなせる業である。ただ有名でありさえすればいいというのなら、芸能人でもよかろうし、世をにぎわし人なら誰でも当選するかもしれない。

苛政は虎よりも猛なりというが、それにしても時流にうまくのって私腹をこやそうという奴が憎らしいし、日本人の政治への無関心も、また腹だたしいばかりである。

＊

美術にかぎったことではないが、今の芸術は何かしらうつろな、なまくらな、どんよりとしたものを感じる。現代の世相を反映していると思われる。これらは、観るにあたってはいちいちもっともだと感じる節もあり、切々とその内容を理解することもある。またある作品に対しては不気味な印象すら覚える。世相の反映なのである。

しかし同時に私はこう思うのである。我々は夏暑い時に、「暑い〳〵」と連発するが、そういうことによって別にすずしくもならないし、また他人の「暑い」を聞くと暑さは増すものである。美術はある程度社会に貢献してもいいはずである。不幸な人に会ってともになげいてやることはだれだって出来る。相づちを打つのはた易い。その男をはげましてやり、希望を持たせることこそ大切なのではないか。現代の無気力な人々を、美術によって精神をふき込ますことが肝心なのではないかと思うのである。

＊

吉展ちゃんが白骨化して発見された。テレビで俳優の三条みきさんは「殺してやる！」といっている。今日また誘拐があって新聞をにぎわした。ここ数日は日本中が小原に対する怒りでうずまいている。

ここで小原という男を考えると、何が小原にそうさせたかという三つの原因を考えることが出来よう。第一に彼自身の性格である。すぐにカッとなり、時折残忍なところもみせている。次には生活環境である。彼が小学生のとき（丁度四年のときに）、小原はビッコになったそうだ。今の賢明なる人たちはそれを馬鹿にするような言葉は口が裂けても出さないものだが、その当時の教育低度の低い連中が小原を「ヤーイ、ビッコヤーイ！」とあざけってアダ名が「ビッコ」になったそうだ。

これでいままでのいわゆる「出来る」生徒だった彼はとてもひがみっぽく内気な少年になったという。小学校六年生のときには、「世界がアッとおどろくような事をしてみたい」と口ばしっていたという。不幸にもそれは実現したが。

最後に考えられることは映画である。私は「天国と地獄」に罪をきせたくはないが、小原がこれを観たという以上、また、あの映画のあとの誘拐事件の連発ぶりをみてもわかる。こうやってみると、一つの個人的な事件も、社会の責任が重大に負うていて、この点は今後我々の銘記せねばならぬ事であろう。

民主主義

近ごろ日常ひんぱんに使用されていて、そのくせその本質を多くの人が知らない言葉に「民主主義」というのがある。日本にこの言葉が入って来たのは戦後のことだろう。どさくさまぎれに入り込み、我々が英語の文章や外来語を「崇拝」するように、このデモクラシーということを今までの旧家族的なものの逃げ道として使ったのであり、それが定着したものとみえる。

よく自由と放任は根本的に違うと言われるが、デモクラシーというこの言葉も、春闘か何かで一日中デモばかりして暮している「デモ暮し」ではない。戦前日本が未だコチコチの天皇中心主義で、「お国のためなら」というわけでやってたのがあえなく敗れたのであるから、戦後になると当然この言葉、すなわち大衆中心主義という理想に惹かれたのである。ともかく日本においては、江戸以前は封建時代であり人権などとてもおよびもつかぬもので、明治になっても天皇中心のあくまで臣民としての受動的権利にとどまったのである。従って、実際日本の歴史の中で真に正しいスタートをきり、あゆんできたのは戦後なのである。「『お国のため』などもう古い、今や我々はこのデモクラシーという言葉を武器としてたちあがろう」というわけで、ちっともまとまりのない個々の、いや利己の集合体と化したのである。

石炭が全くだめになったのは、むろん世の需要の変化にもよろうけれど、一つには、いわゆる日本流の「民主的な」賃上げデモ、賃上げストをしつづけたことにもよるだろう。いったい、日本人は自分の都合のよい時だけしか「民主主義」という言葉を使わない。このイデオロギーが一般的なものに対しても使用されるのは結構なことであるが、そのために意味があいまいになるというのでは大変だ。

そういうものの、私自身この定義をはっきりとは出来ないが、思うに、この言葉は「愛国心」、「大衆」というよりも国民の平和、自己の権利の保持につながるものだろうと思うのである。また自己の自由とそれにもとづく権利を守ることは自然法によるものであると同時に、社会権をも守ることにもつながろう。しかしそこには、国民全体の利益というものが付属し、単なる個人主義ではないのである。自己を犠牲にするという事は何も戦国時代にかぎった事ではなく、いくら自分が正しいと信じていても、他の多くの人々が（いやしくも彼らが真面目に考えているのならば）自分の方に非があることも多々ある。従ってあまりに「少数の意見の抹殺」だとか、「多数の暴力」という言葉にまどわされてはならない。（今の日本の国会はこの限りではないが）ともかく、民主主義というのは国全体の平和・秩序を維持するための手段である。

戦時下の日本は一見すると「国全体」というこの言葉に合致しているかにみえるが、そうではなく軍部のためのものであった。お国のためではさらさらなく、ただ軍部の独断であったのだ。ここを間違ってはいけない。硫黄島かどこかで、日本婦人が絶壁から身を投げたり、大本営というのがでたらめの機関であったりして、それに国民全体がだまされていたにすぎない。B—29は上空をとび交う。金やダイヤモンドは容赦なく取られ、国債という紙切が渡されて、それも鼻紙同然のものだった。人権を全く無視した特攻隊が組まれ、多くの尊い人命を奪った。

この特攻隊というのがクセモノで、人々は永年これを美しいものとして教えこまれているためにロマンチックにすら考えがちだが、それは全く馬鹿なことで、私にはおそろしく獰猛な怪獣に犠牲になった惨めな小鳥としかみえぬ。特攻隊の人々を美しく思う前に、まずその行為をさせた軍部の悪どい連中を憎んでほしい。こういったものの反動として今の民主主義が、あたかも大波によってもち上げられた舟のように高いところにまつりあげられ、偶像となったのである。

しかもそれは、「もう国の犠牲になってたまるか、俺は俺だけの自由をあくまで守るぞ」というあわれな決意に変った。悲しむべき事態である。それでは何がこれを解決するだろうか。時間である。時間がすべてを解決しよう。

＊

今回の通信添削は国語が91点で三等だった。全体七四三〇名中五番である。楯がくるとあって、その上賞品引換券三枚をおくればシャープペンシルがくるそうだ。英語は80点で（残念）八二三二名中四〇七番だが、成績優秀者には載っている。

＊

博多人形をもらった。実に素晴しい。伝統というものをこの一つの人形がせおっているようだ。

私は元来人形というものを軽蔑していた。あんなくだらぬものを集める人の気がしれぬと考えていた。しかし、その思いは陶器のこの博多人形をみて完全にくつがえされた。非のうちどころなく美しく、それも若さのはちきれんほどのものではなく、むしろ円熟した女のなまめかしさをただよわす美である。

顔も端正で腰つきもよい。この人形をみて、いやこの一人の女性をみて、日本女性の真の美しさを感じた。着物姿というのは赤や青の贅沢なものもよいけれど、むしろそれを超越し、白い肌に黒い着物の調和もまた格別でおもしろいものである。戦後生まれた私は西洋的な女性の健康なはつらつさが好きだったのである。しかしこの人形の日本髪をみて、封建的な大きい力の下にあるゆかしくつつましやかな日本女性もまたよしと思うのである。日本髪を結うものは内的につよいものをもつとして、私はあまり好きではなかった。芸者も連想されたし、あのまのびした日本舞踊も連想された。しかし、俗世間の中にあって俗世間を超越した気高い女性もいたはずであるし、現代にもおくゆかしい女性はいるかもしれない。この人形はそういう理想像なのである。

人は伝統にこだわるかもしれない。博多人形は伝統の芸術であるから。だが、博多人形の技術が弟子から弟子へとうけつがれたとはいえ、そこには改良に改良が加えられ、時代とともにより美しくより好ましく像は完成されて来たはずである。近ごろの一時的な美の標準になんで動じよう。

＊

その生徒が英語に堪能であるかは、辞書をみればわかる。英文を読む時、知らぬ単語は容赦なく我々の前に現われる。そいつをひくのには、速くなくてはいけない。乱暴にひいてもいけないのである。乱暴にひくとあのペラペラした薄い紙がめくれたり折れたりして、あとでひくときにいっそう困難になるからである。

松井君の辞書には折れがひとつもない。辞書は速くしかもきちんとひかなくてはならない。購入した辞書をすぐボロボロにしてしまう傾向があるが、これは困りものである。ある人などは二冊目の辞書がすでにいたるところ折れてひきにくくなり、表紙もはずれかけている。推測するに辞書のきたなさを一かどの秀才とみなしているのではないかと思う。しかし本当に英語の出来る人の辞書は、なるほど手垢でよごれてはいるが、けっして表紙がはずれかかったりはしていない。

本というものはきちんと丁寧にあつかってやればいつまでももつものである。私のもっている漢和辞典は、明治三十七年に出来ていてすでに六十年の歳月を送っているが、その辞書は実によく形をとどめている。色こそあせているが、今でもつかえる。

池の鯉

鯉は実に素晴しい。水面をピチッとはねる力。指をしゃぶりにくる可愛さ。体の美しい模様。一寸きどったカイゼルひげ。鯉は自信たっぷりと泳ぐ。そういった力に反して鯉は非常にデリケートだ。水温が五度以上変わると死ぬし、エサがかわると調子が悪く、庭の殺虫剤が池に少しでもは入るとアップアップしている。死んだ鯉をみるとあわれを感じる。こんなに大きくなっていたのにと、両手ですくうとすでに冷たい。鯉は青年に似ている。感じやすく、ピチピチとしていて、いばっているようで失敗し易い。

鯉が魚の中で最も新鮮なように、青年は人間の中で最も新鮮だ。鯉を育てるには多大の配慮を必要とする。エサをやりすぎてもいかぬし、やり足らないと肥らない。深くもぐっていつまでも食べに来ないのもいる。そんな鯉には、たまたま頭を出した時にエサを投げて与えてやる。それでも初めのうちはほかの勢いのある鯉に横取りされてしまう。しかし、くり返し投げてやるといつかは出て来て喰いつくようになる。鯉には大きくなるという未来がある。そして貫禄のある大人の鯉に成長していくのである。

＊

自由が古人の恩恵であることは歴史を少しでもかじったことのある人にとってはわかるはずである。古人はこう考えた。自分たちは不自由だ、だから当然自由を獲得しなくてはならない、我々が不自由なのは一部の特権階級が自分たちをそうさせているのだ、自由を得るにあたっては一人では何にも出来ないから全体で行動するんだ、と。つまり、全体で得る自由、その中では自分は全体の中の一員であるということ、しかも全体にしばられてはいないという感覚であった。

もし自分ひとりが全体に反抗をしたら、他のものがまた不自由になってしまうだろう。それは同じ自由を得た同志としていたたまれぬものだったに相違ない。こう考えてくると、革命で得たときのみなの気持ちは実に純心で、また単純であったのだ。しかるに現在、言論の自由だといっては、人の悪口をいい、出版の自由といっては、青少年に悪影響をおよぼし、表現の自由といっては、エロ映画をつくっている。

世の中に「自由」「自由」が氾濫している。「自由だ」といっていれば何でも通用するぐらいに思っている。ここで、私は一つの救いを発見している。まだ、彼らの口にする自由は高い価値の意味を含んだものであり、その高いところへ自分たちをひきあげようとして、そのための手段として「自由」と叫んでいるのである。自由が低次の段階にまで下落してはいないということである。

しかし、この分だとこの現代人の抱いている自由への観念もあるいは侵害されるかもしれない。今のうちに何とかしなくてはならないのである。それにはまず自由の歴史的意義を考える必要があるだろう。歴史は作られたものではなく、実際にあったものであり、人間の血のにおいのするものである。現在日本でこういった非常に取りあつかいにくい言葉を乱発する傾向があるのは、たぶん、この自由の精神が戦後形式的につまり憲法の上で自動的にのべられたものだからであろう。簡単に自由というものを考えてしまって、これがいかに素晴しいものであるかということを肌で感ずることが出来ないのである。我々は、この言葉があくまで全体の中にあっての独立した個人をさすということを覚えていてほしいのである。

俳句の鑑賞の仕方について

象潟や雨に西施がねむの花

いい句である。この句は、芭蕉の句の中で私の最も好きな句である。俳句というのは最初の五字と次の七字、さらに最後の五字の間の論理の飛躍がおもしろいのであり、その三部分からの各々のイメージの重なり合いもまたおもしろいものである。

この句にはそれがある。まず、「象潟や」といって投げ出し、あの象潟の風景を読者に連想させる。次の「雨」という言葉でしっとりとした情景を浮かべ、「西施」といってぐんと飛躍する。読者に注意をひかせ、雨は西施の涙を感じ、その涙は「悲しみ」を映ずる。

「松島は笑うがごとく、象潟はうらむがごとし」という例の部分を思い出させるのである。雨はここではしとしとと降らねばならない。西施のうらみがましい涙の雨とでもいおうか。「ねむの花」といって、美しい越の女西施のうつむきかげんなうれいを含んだ姿を連想する。そのうれいは雨にぬれた白い花、あたかも西施がその花に変化したかのような花のうれいである。そして我々は西施の物語を思いうかべ、作者芭蕉の姿をみるのである。

最初の「象潟や」は力強い出だしであり、それを幾分おさえがちに、華麗な「ねむの花」が最後につづくのである。「雨」はその背景となり、西施の「憂い」はいつまでもくく雨にぬれた白いねむの花に生きつづけている。

＊

亀井勝一郎氏のものを読みたい。「愛の無常について」などいい評論である。小林秀雄氏のものは時間と頭脳の不足からまだ読めない。評論を読むのはおっくうである。簡単に眼を通すことは出来るにしても、それは作者を侮辱したことになる。

評論は感傷をほとんど受けつけない。我々が簡単に眼を通してならないのは、評論がひとつの凝集された作品だからである。戯曲のような無駄を許さぬからである。一つ一つ検討せねばならぬからだ。だからこそおっくうなのだ。従って今は時間がなく読めないのである。

格言

格言は矛盾しているという人がある。私はそうは思わない。世の人は、ある一つの真理を、一つの格言は肯定し、他の格言は否定しているというのだが、そうではない。ちなみに、「格言」をひいてみよう。「金言」と出ている。金のように価値があり、ずしりと重たいものである。例えば「急がば廻れ」と「善は急げ」というのを見てみよう。真理は一つであるから、これはおかしい。おかしいということは信用出来ぬということであり、つまらぬ事であるというかもしれない。何が格言だ、「格減」ではないか、というかもしれない。

しかし、私はこう思う。よし、これをやろうと思ったら、意気のくじけぬうちにやれ、やりたくなくなる前にやれというのだが、一方、無茶苦茶にやり、からまわりするな、のぼせて失敗するな、慎重にやれということである。すぐに軽挙をし無駄なことばかりして、からまわりしか出来ぬ者は、じっくりと遠まわりにでもやっていった方がよいというのである。

「急がば廻れ」は英語でいうと、「Haste makes waste.」といい、直訳すると、「急ぎは無駄をつくる」となる。あくまで慎重型の人にはこの格言はむしろ不要であり、つまり、格言がすべての人々に通用するとは限らないという事に注意すべきである。警句にすべてをおしつけてはならない。スピリットにはなるが、物を論理的に解明するものではない。ものを解明したいときには、長い文章が必要である。即物的なものを端的にとらえて、小粒のピリリとしたところをきかせた格言に矛盾があるといって大騒ぎするのはあまりにあさはかである。格言の精神をくみとってもらいたいものである。格言は苦しい時に活気を与え、喜び勇んでいるときに警告を与えてくれる貴重な存在である。

＊

ウェブスターには「ゲイシャ」も「ハラキリ」も出ている。日本の古めかしいものばかりである。まず「ゲイシャ」は、オックスフォードには「日本の踊り子」とあり、ウェブスターには「日本の歌い手並びに踊り子」とある。しかし、外国人の感じているゲイシャはたったこれだけの意味ではなく、あたかも男を悦ばすための道具のように感じている。「ハラキリ」に至っては、日本がいかに野蛮であるかという事が如実に示されている。しかも、今でもこういう悪習が平然と存在するぐらいに思っているのだから情けない。なぜなら「昔」という説明はどこにも書いてないからである。

どうして外国人は日本の古いものばかりしか知らないのであろうか。日本人は外人が来たというと、すぐに日本の古典だけを案内して責任のがれの歓迎をする。日本に来た欧米人は日本の文明が予想外に発展しているのをみて驚くそうである。日本のまがった印象だけが外国に紹介されているにちがいない。イタリアの教科書には未だに「サムライ日本」が幅をきかせているようだ。私は日本の古いものを馬鹿にするわけではないが、今の状態ならば、外人はいつまでも昔の日本を頭に描いていることだろう。

文学

書物には自然科学の本や人文科学の本、推理小説や辞書などいろいろの種類があります。各々それなりの目的のために読まれています。自然科学の本は知識を得るためでしょうし、推理小説は一種の清涼飲料のごとき役割を持つでしょうし、辞書は媒介者として働きます。ところが、文学作品を読むのはいったい何故でしょうか。

漱石は草枕でこういっています。自分は演劇や詩や小説は読まない、生きていること自体喜びや悲しみや苦しみがあるのにその上泣いたり笑ったりするのはかなわない、と。はっきりいえば、文学作品など読んでも読まなくてもいいのです。それなのに、青年の心を大きくゆすぶり、あのように魅了するのは何故でしょう。小説に表われる形はあくまでもフィクションであり、筋はどうにでもなるのです。主人公を死なせようと思っても、ハッピーエンドにしようと思っても出来ます。

例えば、ゲーテの「若きヴェルテルの悩み」では、最後に彼が失恋の痛手大きく、ピストル自殺します。黄色いチョッキに青のズボンをはいて死ぬわけです。ところが、この小説が世に出るやいなや急に自殺者が増えたという事です。しかも、黄色いチョッキに青のズボンで……。

一人死に、二人死にしたものですから、とうとうこの「若きヴェルテルの悩み」は一時発売禁止になったという事です。実に文学の力は大きいものです。この一つの小説が多くの人命を奪ったといっても過言ではないでしょう。もし、ゲーテが最後の部分を一寸変えてハッピーエンドにしていたらおそらく死んだ人は一人もいなかった事でしょう。しかし、それではもはや文学作品とはいえません。それは童話です。あそこでヴェルテルを死なせるという事が必要十分であったわけです。現にゲーテは青年の頃あることから恋に陥っていたのでした。どうして彼の心がこの物語をハッピーエンドにするでしょうか。ゲーテは自身の体験を同じ悩みを抱いている読者に訴えたにほかならないのです。

読者にとってみれば、自分の心に潜在する、または心の大部分を占めている感情を作者が言ってくれたのです。それによって新たな感動を生み、自殺するという結果にまでなったのです。従って、文学作品とは本当の人間の心を、人間の心の機微を再現してくれ、再び感動の渦にひきつれていき、その真の人間的精神で以て我々を蘇生させてくれるが故に、すばらしくもまた貴重なものであります。

＊

もしもケネディとフルシチョフがまだ政界にいたらもっと世界はよくなっていたかもしれぬ。また、もしも池田さんが生きていたら日本は今よりは正常であれたかもしれない。ケネディ、フルシチョフの米ソバランスは保たれていたかもしれない。フルシチョフは親米的すぎる故に失脚させられたのであり、ケネディは、あのゴミにも劣るオズワルドという気違いのガンに撃たれて、惜しくもなくなられた。同じガンでも池田さんの癌はいたし方ない次第である。

先日の渋谷ロイヤル拳銃店の乱射事件もあるし、全く世知辛い世の中である。この世に武力・暴力・腕力に訴えるという事がなかったら、人の平均寿命も八十歳くらいいくかもしれない。伝統の国・保守の国イギリスで労働党が政権を握ったのはもう去年の事になるが、ともかく、このところ世界が塗りかえられているよごれと共に灰色に塗りかわっているみたいだ。

という感じがする。ところが、今まで白く塗ってあった壁にほこりがついたままで、塗りかえられるようで、

外来語について

日本人が英語を使いたい気持ちはよくわかる。スピーチなどをやるにしても、英語で以てピリリとスピリットをきかせ、話をヴィヴィドにさせることは大切な要素である。古人も多くいにしへの文献を引用して、話に塩をつける。

ところが現在、日本の外来語は実に乱れている。「ピーチパラソル」といったり、「スムース」といったり、「ハンドバック」といったり、「バトミントン」といったり、「ナフギン」といったりしている。TVの宣伝がよく「ゴージャス」という言葉をつかう。はたして当人達はその意味をご存じであろうか。「ゴージャス」というのは、かの桃山美術のごとく、豪華・華麗なものに対して使う言葉である。仮に、当人たちが当然のこととして知っていても、それを聞く側が知らない場合は意味ないではないか。

もっとも今の日本にあっては、かえって視聴者の知らぬものの方がうけるかもしれない。自分たちの知らぬ何か高級な雲の上の価値として効果は倍増するかもしれない。が、いずれにしても好ましくない事態には変わりない。

英語の中で日本に誤った発音を伴って外来語になっているものもある。日本人の言う「オリーブ」は実は「オリブ」である。石鹼の名も「オリブ石鹼」であり、ポパイの相手役も「オリブ」なのである。また、このように日本語で間のびしたものとして「デリケート」がある。「私は言葉の感覚にはデリケートでね」といって使っているが、「デリキット」が正しい。「デリキット」が正しいのに「デリケート」といって、何が

デリキットであろうか。

それから次に、日本人が矛盾も感じずに使っているものがある。「サンドウィッチ」である。これは「サンウィッチ」が本当である。「リンチ」と同じように人名から出た単語である。sandwichと書くから、そのまま読むのであろうが、それならhandkerchiefを日本人は「ハンドカチフ」と読んでいるかというと、いささか片手落ちの感がする。我々は「ハンカチ」と読んでいる。これも厳格に言えば「ハンカチフ」が正しい発音なのだが。次に「ビフテキ」を完全な言葉だと思っている人が多い。もちろん「ビーフスティク」のつづまった形である。「ビフテキ」のついでにいっておくが、「トンカツ」を英語ぐらいに思っている人もいる。「トンカツ」の事は「ポーク」である。また「パン」も英語ではない。「パン」といえば鍋のことである。I ate lots of pans at noon. なんて言えばまさにゴジラもどきである。

ゴジラで思い出したが、その相棒のモスラは、語源的に言うとこうなる。「モス」という「蛾」の意味と東宝御自慢の怪獣接尾語「ラ」のついたものである。ついでに「ラドン」も云っておくと、これは「プテラノドン」という正式の名前からヒントを得てラドンとつけたものらしい。

また、「アフターサービス」や「シャーベットトーン」や「ゲイボーイ」「サラリーガール」「ローティーン」なんてのは英語で出来てはいるが、英語ではない。もっと正しく外来語はつかってほしいものだ。それよりもまず第一に「匕首」「隘路」「眩惑」「台詞」「磊落」「刎怪」「便覧」「暢気」「訥弁」などの日本語の発音からしっかりやってもらいたいものだ。

ピカソ

ピカソの絵は大好きだ。あのこっけいな人物群が何を訴えているのか私にはさだかではないが、その点は、私の美術的萠芽の不足に負うところであっていたしかたない次第である。おそらく世人もピカソの絵を「わからない」というであろう。無理もない。彼は「わからない」という代名詞の様に使われて来たからだ。だがそれは否定出来ない事実であるとしても、ピカソがはじめからそのような絵を描いていたわけではなく、実に堅実なものから手がけ、青の時代等を経て、しかもその間に数々の分析を行ない、また戦争などのさまざまの試練を経て来たのである。

彼のテーマの一つには、戦争に対する怒りがあると信じている。ほおをえぐられた男の顔を描いている「戦争」や、ふくろうにたくされた呪わしいものに、彼の体験が暗く激しく表現されていると思う。

彼の絵はわからないにしても、私は彼の色彩感覚のするどさにおどろくものである。配色のよさは見事である。それは正統的なとは云えないかもしれないが、ピカソ独自の意欲的な色感からくる強烈なセンスはすてがたい。

今日八十歳を超えて尚精力的にやっていると聞くが、ピカソの魅力はそのへんにあるのではなかろうか。あの元気な自信家のピカソが、彼一流の熱情をぶっつけて描いた「ゲルニカ」は生き生きと私に訴えてくる。

＊

本質的につきつめてみるとやはり人間にとって最も大切なものは良心から発した誠意である。誠意は愛であり、愛は誠意の昇華的心理である。

ムンクの「叫び」

ムンクといえば「叫び」とくる事は常識であるが、一体この絵が何を表現しようとしてるのかを疑った人もあろう。けれども私にはこの絵にあらわれたムンク自身のいらだたしさや悲しみがわかるような気がする。北欧で生まれたムンクは太陽の光のあまり当らないその地で、近代人の抑圧やら倦怠やらを肌で感じることが出来ただろう。

あのじめじめした北欧の気候というハンディキャップは、スーチンの顔に対する劣等感と同じような境遇といえるかもしれぬ。夕ぐれの橋の上で一人の青ざめた男が、狂人的に叫んでいるのである。そしてその音波が、大気を伝ってあの絵に表れている「流れ」となっている。しかも、男の叫びにもかかわらず、背後には異常に長い人たちが立っている。ムンクの描きたかったのは、近代人というよりも近代そのものであったかもしれない。

*

私は「月の砂漠」が心から好きだ。あの歌の中には深い哀愁があり、甘い愛がある。情景は夕ぐれ時に王子様とお姫様がラクダにのってトボトボと行っていて、後ろから荷物を積んだ数頭のラクダがまたトボトボと行っている様である。砂漠はサハラ砂漠でも、ゴビの砂漠でも、アタカン砂漠でもなく、個人の頭に抱く夢の砂漠なのである。月は青白く二人を照らして、あたりはシーンとしている。ただラクダの砂をふむ音が永遠にきこえる。二人はシルエットのごとくゆっくりとすすんでいる。話こそしないが心は一つにかよっていて、はてしなくつづく砂漠に一本のろうそくのように赤くともっている。ラクダのサクサクという音は単調で、たまらなくさみしい。

この二人のいる世界は現代人にとって全くかけはなれた夢の世界である。だが現代人はいつもこの世界を心に描いていて、それは生活の糧でもある。また、それとは別に、この歌が童謡であるところから人はこの歌をハミングするときに、遠いアフロディテの泡のようにはるかなる幼児のころの思い出にふけり、遠く美しく感じるのである。

この歌は一人で歌う歌である。大ぜいで斉唱する俗っぽい唄ではない。人はこの二人がどこへ、何のために、どういう心境で行っているのかわからない。しかし、それを考えるような野暮なことはしない。えんえんとつづいた道は人生を象徴するかもしれないし、天国を連想させるかもしれない。人がこの歌によせるものは、清らかな心であり、社会の汚れを洗いおとそうとする感傷的で純粋な心である。それは平和な歌なのだ。

シュバイツァー博士を悼む

先日、私の最も尊敬する方の一人であるシュバイツァー博士が亡くなられた。九十歳ときくから、かなりの長寿には違いないが、もうすこし長く生きていてほしかった。実に残念な人を失ったわけである。後継者としては三十一歳の某氏があたられるそうだが、土地の人も非常にかなしんだ事だろう。

哲学者として医者として、そして一個の平和を希求する人間として、実に慎重で謙虚で勇気のいる活躍をつづけられた方である。はじめは哲学者として身をたてておられたそうだが、アフリカの事情を知り、すぐさま固い決意を抱いて医者になり、辺狭の地・赤道直下の地ガボンへ行くなどという事はとても我々には出来ない事である。

二年生のときに氏の「アフリカ物語」をおもしろく読んだが、氏は文筆のみならず、またバッハ演奏者としても達人であったと聞く。どこぞの「やれ根性だ」「やれファイトだ」といきこんでいるそこらの熱血漢とは異なり、深く世界平和のために、つまり人類のために励まれたのである。全く無条件に頭が下がる。数年前にはかのノーベル賞受賞者バートランドラッセル卿とともにベトナム戦争停止の要求を各国元首に送られたそうだが、不幸にも、先日からはカシミール紛争もおこっている。

実際、現代はすべて組織がものをいい、個人の意見は全く無視されつつある。組織どうしは互いに牽制しあっていて、我田引水よろしく解決の道を自らふさいでしまっている。シュバイツァー氏のような聖人の意見を我々は無視していていいのか！　また、人類愛という看板を掲げているキリスト教徒のあちらさんが、どうして黒人に石を投げつけるのか。教会では虫も殺さぬ顔をして、実社会ではそれをかきすててよいのか。何と人間の心は狭いのか。シュバイツァー氏という一世紀に何人とも出ない立派な人を、永く人々の記憶にとどめておきたいものだ。氏の信念のほどを新たに自覚しようではないか。

＊

今回の通添返送は英語が80点で成績優秀者に載っていたが、国語はおしくも期限切れ。85点である。これが何と合格可能率94％である。これは英語の80％よりずっといい。実に残念。

ひぐらしの鳴き止みにける暑さかな
菅公をしのび顔なる菊の紅

永遠の美

美を求める事は人間にとって当然の事である。無条件に美を求める心は人間の本性でもある。動物の美意識なんて考えられない。虫媒花というものがあるが、現在では虫が花の美しさにひかれてくるという説もマユッバであり、いかにもロマンチックだが、その域を出ない。

人間の美意識はある程度理性的なものに負うていると思う。従って子供には子供なりの成人には成人なりの美というものがあり、また同年輩の間でも、教養や地位の相違に伴って美もかわってくるだろうし、封建時代と現代とでは美に対する考え方もずいぶんと違ったものかもしれない。しかし、人間の美の基準がいかに変わろうと、永遠に美を求める事にはかわりはなく、常に何者にも劣らない絶対美というものを求めているのである。

秋の雨残緑の山ありありと

雨

今日もまた雨だ。一日くらい降るのならよいが、こう何日もやられるといささかうんざりする。

夜の雨。うつろな眼でうっとうしい雨をみている。「広重は雨が好きだったんでしょう」といったブランデージ会長の声が聞こえてくるようだ。

日本人と雨。雨は雪とちがって何となくわり切れぬものを持っている。雪は純粋な心の象徴である。しかし雨はそう簡単にはいかない。雨はなるほど風情があるかもしれぬ。はた眼からはそうみえる。だが、雨の雫はかかるといやなものだ。じくじくとしめっぽくて、雨に漏れた身はどうもいけない。雨はみるに若くはない。雪はちがう。雪にはきびしさがある。かぶる者も覚悟をしている。そこに調和がある。だから肩にかかっても何ともない。日本人には雨のような面がある。これは日本人の特質でもあり、原罪でもある。

外国人の眼からみれば成程日本人はしっとりしていて、風情あるかもしれない。しかし、そんなものではない。雨にもいろいろある。しとしとと降る雨、ザーッと降る雨、小糠雨、風を伴った雨。それは日本人そのものである。じめじめした性格・熱し易くさめ易い気性、きめのこまかい心、封建的なものの中で培われてきた気質。雨はまだ降っている。窓の外はくらい。疲れた私は雨をみている。ふと古歌が浮かんだ。

村雨の露もまだひぬまきの葉に
　霧たち昇る秋の夕暮れ

＊

青年にはバイタリティが必要だ。内なる炎が必要だ。青年の特質はそこにある。理屈を越えた大きな力、これは何と建設的だろう。すべての可能性を内蔵する原動力である。

青年であることを誇らしく思い、高らかに歌うのだ。世の荒波をきりぬけるためにダッシュせよ。苦悩せよ。そして思索せよ。青年であることに感謝せよ。

幼児に返ろうと思うな。大人になろうとあせるな。青年は雄々しいのだ。だが、決してうぬぼれるな、このバイタリティーはあくまで原動力でしかない。青年には力強さが必要だ。

秋の空黒き土踏む熱き血潮

＊

戦争をやらかせば、なるほど科学が発達するかもしれない。極端にいえば、戦争がないなら科学は発達せぬかもしれない。その意味で戦争は科学の生みの親といえるかもしれぬ。けれども考えてわかるように戦争によってどれほどの人々が死ぬか、もし死ななくても片腕をなくしたり、子供や親を失ったりして、どれほどの人々が心身ともに傷ついていく事かが如実にわかり切っている。

人命は万全よりも重い。たとえ日本の土地を全部くれなければ、人質の人間を殺してしまおうといわれても、まず人命を尊重せねばならない。人命の前には、すべての物質が、服さねばならぬ。たとい戦争のために科学が進歩しても、その戦争が多くの人命を、罪もなく、ただ国家権力や元首の利己主義のために、反抗する事すら出来ぬ国民をかりたてて、奪ってしまうものであった場合に、科学の進歩なぞ何になろう。航空機が出来なくとも、親や子や自分自身を失わずにいられるのなら、歩いて目的地に行く方が何と快適な事だろう。戦争の悲惨さはつまらない代償でどうしてつぐなう事が出来ようか。

もっとも、こういう人もあるだろう。「小を殺して大を生かす」と。科学の進歩のためには人の命など「軽い〱」という。成程、とても立派な意見ですよ。私はそういう人にこう言ってやろう。

「おまえの言う事は一見、実に太っ腹で、たくましく、すべてを超越しているようだが、それでは聞くが、おまえ自身がその小なる立場にあったときに、いさぎよく死ねるか。自分の命と航空機とどちらが大切か。また、おまえが、私のいっている事をあくまでも『もし』という限界を出ずに、どう返答しようと自分が実際に死ぬわけじゃなし、と思って体のいい事をいっているのだったら、それこそ死んでしまえ！

また歴史をみていると戦争は数限りなくあり、そのつど科学も発達したようにみえるが、否、『みえる』ではなく実際そうかもしれないが、おまえは、それらの史実をただ単に物語として、安易に考えているのではないかと思う。しかし、戦争で実際に苦しみ、死んでいくのは、『戦争開始』の号令をだした国の首脳ではなく、罪もない市民なんだ。首脳部はただおまえはどこへ行け！　といって命令するだけだ。敗ければ戦犯になるが、戦犯でありながら（つまり殺し屋の親分でありながら）現在太い顔をして再び政治を思うままにあやつっている奴が日本には沢山いるという始末じゃないか。勝ったとしても、国の利益はことごとく軍の手ににぎられ、国民は全くもとと変わらない。家や土地を失ってむしろもとより不幸になる。『小を殺して大を生かす』などと生意気な事をいうな！　おまえの言葉にくらべれば、戦争でむごたらしく死んでいった人々の断末魔の叫びなど月とスッポンだ」

また、現代では、昔風の対の殺し合いではすまず、核対核の死滅戦だ。結局「戦争」というと、何か英雄的なものや、力強いものを感じる人もいるが、つまるところ、戦争は人間どうしの大量殺人事件ではないか。ただ「戦争」なんてもっともらしい覆いをきたないものにおっかぶせただけではないか。

「春琴抄」（その二）

春琴が佐助にわざと辛くあたったのは何故だろうか。彼女はおそらく佐助を苛める事によって、一種のサディスティクな心理的快感を感じていたのではあるまいか。否、むしろ私はマゾ的要素を春琴の心に見出すのである。

彼女は佐助に辛くあたりながら、一種の残忍さを味わっていたのである。春琴が彼の真心を、また親切を知らぬわけではなく、嫌いなわけでもない。その証拠に二人の間には子供すら出来ている。春琴は結局佐助の美しい心が好きだった。しかし、長い間の主従関係や、盲人のいじけた気持ちは、どうしても一方では佐助を軽蔑せずにはいられなかったのである。つまり彼女はその二つの面を心の中に共存させていて、どうにもならない平衡状態を保っていたのである。

彼女は、しかし潜在的に、自分の本当の気持ち、すなわち佐助を認めるという気持ちを、自らの心の中から追い出してしまいたかったのである。そして本来の主従関係にもどった心情にしておきたかったのである。彼女は自分でも自身の本当の気持ちをよく知っており、それをまるできたならしい不潔なものとしてあつかっていたのである。それは多分に女性特有の見栄のような自己欺瞞に端を発していて、自分の完璧なはずの美しさの中に一点だけ汚れた部分があるように感じ、それを極度に忌む形となってしまった。

むろん、何人が考えても、佐助の献身的な愛は不潔であろうはずはないのだが、春琴にとってみれば、佐助は自分よりずっと下賤の者であり、ことごとく自分にはふさわしくないものとみなしていたのである。従って、彼女は自分をも責め、佐助をも折檻していたのであった。佐助をいじめるというのは自分をいじめているにほかならなかった。ここに先に言った春琴のマゾ的なものが見出されるのである。いいかえれば春琴のプライドが許さなかったのである。だから、周りの者たちが佐助との結婚をすすめても甲斐のない事であった。

さて、それでは、佐助が春琴と夫婦になりたがらなかった理由は何だろう。それは思うに春琴をどこまでも高い存在としてとどめておきたかったのである。自分がもし彼女と夫婦になれば、彼女は自分の地位まで落ちてくる事だろう。彼はあくまでも、春琴を永遠の女性としてあこがれの権化として、保っておきたかったのである。二人の愛の形は正常ではないだろう。しかし、春琴の苦悩や佐助の犠牲的献身の美しさは十分に読みごたえあるものとなっている。

重き眼に窓より入れる秋の風

若さということ

若いということは、一五〇〇メートル泳げる事や、ツイストを一晩中踊っていられるとかいう事ではない。若さは可能性をはらんで、それにむかっていける力をいう。中途半端におわってはいけない。若さは深究心でもある。医者の卵がある対象をきわめようと研究室で励む事――これも若さである。教授などが追想するときに、「よく夜おそくまで研究したもんだよ。あのころは若かったね」という場合の若さも本物である。

学校へもろくに行かず、何かしらあきらめきってエレキをひいている連中の云う「若さ」とはむしろ「バカさ」というべきだろう。若さは青年の特権であるといわれるが、それは探究心と馬力が人一倍あるために、つまり条件がそろっているがために青年に若さがあるので、青年にかぎらず高年齢の人にも立派に若さは存在するはずである。

＊

ものの道理というものは、実際自分がその立場を体験しなければわからぬものである。言葉だけでこれはこう、あれはあゝといったところでしかたのないものだ。「知識人のエゴイズム」といったって、自分が知識人になりきらないとわかるものではない。貧乏人の生活の苦しさは、カーネギー氏にわかるはずはない。ただ類推は出来る。しかしその域を出ない。少年少女が恋愛小説を好んで読んでいるが、彼らは往々にして「恋愛」と「あこがれ」を混同している。あこがれ的なもので片付けている場合が多い。恋愛小説はやはり大人でないとわからない。芭蕉の「さび」や「わび」は一律に学校で教えているが、芭蕉の境地はそう簡単にわかるものじゃない。多くの注釈書によって、こういうものだろうと思ってみたところで、十年もたてば忘却のかなたにあろう。ものの道理とはものの本源という事である。木に髄があるようにすべてのものには本質がある。それを把えるにはいくらあせっても空まわりするばかりである。そのものには入ろうとする事が大切であり、実際に体験すべきものだ。仏教的にいえば覚りをひらくことであり、儒教的にいえば、道を極めることである。「覚り」や「道」は、なんでも活動していたら自ずと求められるものではなく、つねに積極的にぶつかっていく事が肝心であり、諸々の体験をつんでいくうちに得られるものである。意気込みが必要なのである。

＊

「アゴニー」と「アンギッシュ」は共に「苦悩」と訳されているが、厳格にいうと違うようだ。「アゴニー」は歴史的苦悩であり、「アンギッシュ」は現代的苦悩である。「アゴニー」は幾分外的であるのに対して「アンギッシュ」は内的である。つまり「アゴニー」は、「闘争」や「苦闘」につうじる苦悩であり、「アンギッシュ」は束縛された内に生じるような苦悩である。更に、「アゴニー」は肉体的苦悩であり、「アンギッシュ」は精神的苦悩である。

思うに、厳密な意味でシノニムは存しないように思う。作者は作品の中で最もよくあてはまる言葉を考え出したのだから、それを無視してこのシノニムはどうのというのはよくない。

哲学

哲学というと人はおそらく堅苦しくけむたく非生活的なものを考えて避けたがるであろう。が、哲学は考える事であり、体系づけられたものにすぎない。その根幹は常に思索である。思索は悩みや問題をかかえた時に、それを解決しようとして努力する心的作用であり、筋を通して思索するときに哲学は成立する。

この世に悩みはつきない。従って、思索もたえるはずはなく、永久に人間は考えねばならぬ運命にある。人間に残された武器は知力である。知力は知識ではない。「人間は考える葦である」。人間は知力を有しているから偉大であるという事ではなく、むしろ思索することをよぎなくされている悲しい存在なのである。

哲学は思索の過程であり、人間は哲学を生み出すべく創られている。哲学は生活と離れてはならない。人生と離れてはならない。フィロスは愛であり、ソフォスは知である。つまり哲学者とは「知力を愛する者」なのである。自分に与えられた知力を、そしてそれにともなう思索の運命を愛する人である。運命愛である。それは中村草田男のひきがえるの心境である。

ひきがえる長子家さる由もなし

批評の精神

青年期になると人は自我意識がめばえる。この働きは、自分をも天秤にかけて批評する作用に発展する。批評する時には、まずすべての存在や価値を一応白紙にもどしてその上で真理を見出そうとする。批評とは単にすべてを破壊することではない。自分自身の手で建設的なものを創造しなければいけない。責任は批評に於て最も大切なものである。しかし何にもまして重要で必要なものは対象への愛である。そもそも対象の改善を願って批評は行なわれるものだからである。いたずらに既成の概念を崩壊する事のみになされるべきではない。現今の無責任な批評の氾濫は慎むべきだ。

＊

閑かさや岩にしみ入る蟬の声

この句を知らぬ者はいないだろう。もし知らないという人があれば、その人は馬鹿か嘘つきであろう。この句のよさはどこにあるのだろうか。これはおよそ馬鹿げた分析であるが、それを承知であえてこの句の生命線をいうと、それは「しみ入る」にどうやらあるらしい。

俳句は句全体をとらえる事が本当なのだが、この「しみ入る」は特記すべき実感とセンスのよさをたたえている。作者自身もそうとう苦吟したようであり、最初は「岩」も「石」であったし、「しみつく」や「しみ込む」も考えてみたらしい。むろん、最もよいのは「しみ入る」である。夏の昼下り、すべてのものが死んでしまったような静かなときに、突如として一匹の蟬が静寂を破って大樹で「ジー」と鳴き出した。その声が今までとは異なった別の閑かさを引き出して来たのである。眠ったような暑くるしい静かさから、真夏の森林を感じさすような閑かさが加わったのである。静中の動である。この「静中の動」というのは、芭蕉が初めてみつけ出したものではないが、作者にとってみれば夏のある日に岩山にあってこの句を詠んだときには自分なりの発見として感じとったのではあるまいか。

「杜子春」と芥川

芥川の「杜子春」を読んでからもう何年になるだろう。非常に感銘の残った童話的小説である。主題は一応こう考えられる――「人間には常に親に対する愛や子に対する愛が存していて、いかなる場合にもかなぐりすてることの出来ないいわば宿命的なものである」。芥川はここで親子の純粋な本質的愛を認めているのであり、逆に云えば、愛の本質は親子の愛にのみ存在するとみている事である。

芥川は自分の納得出来ぬ観念や、いかなる理知を注いでもきわめ得ぬ対象の本質を求め、あせり、絶望し、そして死んでいったのである。けれども「杜子春」にみられるように、芥川は親子の愛に本質的なものを見出したわけである。彼は実に悩み多き人間であった。

水ばなや鼻の先だけ暮れ残る

という句を残して死んでいるが、この句をみると私は身のふるえを感じるような悲愴を感じる。晩年の彼の哀しさが実にじくじくとにじみ出ている。すでにたたかい疲れてあとは死を待つばかりというきびしくみじめな心が表れている。あたかもその情景は、映画の終りで、受像機が電気のブーンという無気味な音を暗やみの中でいつまでもひびかせている終焉のシーンを思わせるようだ。

この句をよんだときの芥川はすでに社会を拒絶した形をとっていた。ところが、「杜子春」の芥川は社会にまだくい下がっていたのである。それだけに芥川に珍しい「愛」が存しているのである。いずれにしても芥川の作品には暢気に笑えぬものがある。芥川に通用する言葉は「偉大」とか「人間的」とかいうものではなく「痛烈」という言葉であろう。「トロッコ」にしてもそうだし、「河童」にしてもそうだ。結局彼は妥協を欠いた可哀そうな、しかし、愛すべき人間であったのだ。人間的な、あまりに人間的な人間であったのだ。

修学旅行の思い出

あれからもう一年たつ。修学旅行は一言でいっておもしろくなかった。土産物は最初から買わないつもりで行ったし、ただ二七〇円の英語の本を買っただけである。行きの夜行は辛かった。東京に着いたら期待に反してたいした街ではなかった。松井君と二人で行動したのだが、道を聞くときは特に若い女性を選んで聞いた。聞いた女性はみな感じがよかった。自由時間は、つまらない後楽園をあとにして、銀座に出た。三〇分ほど銀ブラとしゃれこむ。松井君と三〇〇円のエビフライ喰ってしばらくベンチに腰かける。読売新聞本社の電光掲示板はジョンソンがゴールドウォーターに勝ったと報じていた。箱根では記念写真をうつりそこねた。なぜかというと嘘つきガイドのために、ありもしない長寿の黒卵を古財君と探していたからである。

日光はよかった。美しい。日光の建築は邪道といわれるが、きれいなものはきれいだからしかたがない。富士はあまり感激しない。姿を知りすぎていたからだろうか。ただなつかしい感じはした。私はつとめて行く先々の神社などで用を足すことにした。東京にやってきて、実に東京の人はかわいそうだと思ったしだいである。あの汚いゴミゴミしたところに何年もいたら人の心はいかに荒んでくるだろうか。

＊

パキスタン側が停戦を受諾した。国連のおかげである。就中ウタント事務総長の尽力の賜物である。この調子でベトナム戦争も調停してもらいたいのだが、無理な注文か。

＊

「紅萠える岡の花……」という歌は三高の寮歌である。昔の学生は男どもでグループをつくり、このような岡の上で声たからかにうたったことだろう。昔の高等学校の学生は何か清々しいものを持っている。それに彼らは社会的にも優遇されていたようだ。「あの人は高等学校の生徒さんだそうだ」といわれ、羨望のマナコでみられていたと聞く。

「伊豆の踊り子」にもそれはよく表れている。昔の学生には野性味があった。人間臭さがあった。タオルを腰にぶらさげて、はかまをはいて、先輩から譲り受けた帽子を被って。ところが今の高校生は一体何だ！　エレキギターを「芸術」だといって偉そうにひいて、そのくせ芸術論をかいた評論など見むきもしない。ズボンはシングルにしてみたり、何かというとフォークダンスといって女にふれたがっている。今では「高校生」ときくとみな顔をしかめる。乗物の中では傍若無人にふるまい、責任問題になると「まだ大人じゃない」という。「小供じゃない」といってるかと思えば「大人じゃない」という。すると「蛙か?」といいたくなる。

私は別に昔がよかったといっているのではない。昔の学生の蛮カラ姿も一種のオシャレであったかもしれない。けれども、今の高校生と昔の高校生を較べたときに、はるかに昔の生徒が純粋であったように感じるのである。

最近「現代っ子」という言葉がよく使われていて、「天声人語」にも何回かとりあげられているが、私に言わせれば、今の子供はこの言葉に翻弄されているようにも思う。自分も何かしら「現代っ子」になってわりきらねばよくないような気がしているらしい。

＊

物の発展過程には三段落ある。

すなわち、「熱烈」「倦怠」「完成」である。

川柳について

川柳の成立については言う必要もなかろう。川柳はまずおもしろい。幕府のもろもろの抑圧や不正を体験して来た庶民がささやかなレジスタンスをこの十七文字にとじ込めているのである。学校で教えるものはごくさらりとしたものだが、川柳の特質はもっと深く根ざしたものである。性の抑圧から生じた川柳も数多い。幕府がこの方面を極力禁じていたのは周知のことで、歌舞伎もあるときにはそうとう弾圧を受けたものらしい。舟橋聖一の「緋の化粧」を読んでもよくそれがわかる。川柳は性のゆがんだ形だとみられぬ事もない。従って「いまわしいもの」と言われても何も言えないのである。

月をみる頃には土手にすすきはえ

などは一見秋を詠んだ俳句のようだが。しかし、その段階を一つ超えて、根本的な問題——江戸時代の庶民性——を我々は肌で感じることが出来るのである。例えば、

鎌倉の前に二、三度里へ逃げ
死に切って嬉しそうなる顔二つ

などは当時の姿をよく表している。江戸時代は夫の権力がとても強く、女房は全く家財道具にすぎなかった。毎日朝早くから働き、夜遅くまで内職をやり、いやな夫と思っても不平もいえぬ。基本的人権などこれっぽっちもなかった。それで、どうしてもいやな場合は女房は離婚を考えるわけだが、どっこい、女の方からはどうしても離婚出来るものではなかった。逆に夫は別に女が出来たり、いやになったりしたらいつでも女

房を追い出せた。全く女は男よりもずっと下の位置にあったわけである。

ところが昔から天の助けというものはあるわけで、ごく少数の箇所に縁切寺があり、そこに女がかけ込んで何年かそこで尼としてすごすと自動的に離婚出来たわけであった。これは先程の「緋の化粧」でも出て来て、小平次を想っているおちかが青山鉄山のところをかろうじて脱出し、かけ込むところがある。つまり、鎌倉はこの当時の縁切所のあったところで、最後のとりでだったわけである。

女房はいやになると里へ逃げるのだが、もう勘忍袋の緒が切れたと思うと鎌倉へおもむいていたのである。当時の女房からの離婚がいかに困難であったかをものがたっているといえよう。また、江戸時代は心中がはやったもので、幕府はこれを防ぐために、心中をやりそこねた者は日本橋のところで三日間さらし、非人としてとりあつかうことにした。非人とは人に非ずということで、ホモサピエンスの籍をはずすという事だ。従って、死ぬからには絶対に失敗のないようにやらねばならない。そこでこの句のように死に切ってほっとしているのである。

このように川柳は時代の反映であって、当時の人間の弱い一面が赤裸々に出ている。ある人は川柳は芸術ではないというが、川柳は芸術以前のものであると思っている。

＊

熱にうなされている時には、尖ったものに対して恐怖の念を持つことがある。金属製の角の箱をみてもおそろしくてたまらない。やすりでけずってやりたくなる。熱のために、すべての自己防衛の術を失ったからだろうか。あるいはまた、すべての物質がひややかに人間をみつめているからだろうか。

＊

私がこの世に生まれたことは全く偶然のことである。だが、生まれたからには必然的にそれだけの価値がある事をせねばなるまい。しかし、それは困難なことである。社会は複雑であるがために一人の大志は全うするにむつかしい。いはば自分はある混がらがった茂みに投げられたようなもので、諸々のまとわりつく問題がころがっている。

「考える」事は絶望と直結し、「疑う」事は矛盾と直結し、「すてる」という事は虚無と直結する。色々な問題は時間が解決してくれるだろう。本来呪わしい時間も、人間の悩みの解決にはむしろ祝福すべきものである。時間は人間を越えている。だから時間が解決してくれる。

我々が人生を考えるという事は、我々自身の存在価値を考える事である。だが、時間は刻々とたっているのだ。という事は人生も終りに近づきつつあるという事だ。私の心の中には一本のろうそくが燃えつづけている。じきに消えそうだ。誰か新しい酸素を送ってくれ。

＊

ある人がこういう事を書いていた。

「酒に酔っての犯行は過失としてみられているが、しらふの時と同罪である。当人は酒に酔った勢いでしか犯行出来ない小心者かもしれず、酒を飲んでいたから……というのは卑怯な逃げ口上である」と。

全く同感!! 「酒を飲んでいたから誤ってやったんだ」といばった口ぶりでいうが、こっちはなにも加害者に酒を飲んでくれとたのんだわけでもない。またその精神が少々いかれてる。だいたい日本の法規は軽すぎるのだ。

＊

力

暗黒の　大地より出で
青天に　姿現わし
春風に　頭《カシラ》揺れつつ
すくすくと　延びゆく若芽

生のいと　辛きを耐えて
根をはりぬ　力の限り
夏の陽に　はた困《コン》じつつ
緑増す　延びゆく草よ

寂しさに　涙をたれて
侘しさに　胸ふるわする
秋晴れの　虚《コ》空を見つつ
心ばえ　呪う柔木《ヤワラギ》
逞《タクマ》しき　張れる強き根

吐く息の　純白の山
冬枯れに　身も凍りつつ
育ちゆく　幸あれ若木
（昭和四十年）

＊

インドネシアで政変おこる。どうも東南アジアはいけない。

＊

イギリスは「紳士の国」だと言われているが、とんでもない事だ。実際、歴史的にみると実にずるがしこい国である。植民地政策に於て、それは顕著にみられる。仏にはほとんど勝っている――プラッシーの戦、フレンチインディアン戦争、ウィリアム王戦争、アン女王戦争、その他。仏だけでなく、英蘭戦争にも勝っている。アメリカに対しては、印紙条令以下、帽子一つにも税をかけて、ギュウギュウしぼりとっていた。産業革命というと児童労働をさせるし、日本と日英同盟をむすんでいながら英露協商をロシアと結んでいる。全く裏表のある国で、自身のためには味方をも容易に裏切る。甲虫なるビートルズが現われて、世界の青少年を徹底的に悪臭のたつごとく腐敗させる一方、レコード売上げで外貨を稼いだという「名誉」で彼らに勲章すら与えている。このイギリス特有のがめつさはどこからくるのかしらないが、とにかく歴史的には腹黒い国である。あるいはあの濃霧の陰気な中に養われるものかもしれない。

＊

山田耕筰氏が病床に伏しておられるそうである。七十九歳ときく。あまり口もきけぬらしく、全く同情にたえないが、未だ音楽への情熱はつよく、ＴＶの音楽番組のつまらなさを嘆いておられる。氏の言によると、今の歌手は黒人の手振りや身振りのまねをしてわかりもしない英語の唄をうたっているが、こんなのは愚の骨頂であるそうだ。よく歌手がやってきて、「私の番組みて下さいましたか。どうでした？」と聞くと、ただ一言「下手……」と答えられるそうだ。

「山田耕筰」というと「赤とんぼ」や「からたちの花」や「この道」や「ペチカ」が連想されるが、「わしの歌はこれっぽっちじゃない」といわれるとおりずっと沢山（おそらく千曲以上）作っておられる。私は童謡というものに深いなつかしさと憧憬を抱いているが、山田耕筰いまだ健在（いや病気だから「健在」とはいえまいが）ときくとホッとやすらかになる。歌はやはり人の心をなぐさめてやるというのが本来の姿ではあるまいか。

論語の一節から

論語に、「子曰、飯疏食、飲水、曲肱而枕之。楽亦在其中矣。不義而富且貴、於我如浮雲」というところがある。英語で言うと、The Master said, “With coarse rice to eat, with water to drink, and my bended arm for a pillow ; ―I have still joy in the midst of these things. Riches and honours acquired by unrighteousness are to me a floating dond.” というところかもしれない。

つまり、「わしはな、いくら質素なくらしをし、まずいもんを喰っとっても、ちっとも侘びしいかないぞ。その中にわしにしかわからん楽しみちゅうもんがあるんじゃ。今の戦国の世にあって、わるいことをやって金もうけをしたり、高位高官についたって、何のいいところもない。そんな富や名誉が何になるというんじゃ。いくら貧乏しとってもな、くるしくてもな、汚職ばかりやって、いい事をしている国会議員、じゃなかった官吏の奴らよりも、永遠の真理や価値を求めて心の底から楽しみ、人間らしく生きるほうがいいんじゃ。あんなものは浮かんでいる雲のように儚いもんじゃ。いつかは消えさり流れてゆくものだ」というとこだ。

実にいい事を今から二千年も前に言ってるんだからびっくりする。今日科学がこれほど発達していて、まだ二千年も前に言った人のことがまもられていないのだから人間なんて進歩のない生きものだ。

＊

この世はヤミだ。私には強い精神と強い肉体が欲しい。これを打破る力が欲しい。すべてのものが疑われてくる。

＊

今日もまた悲しむべき事件がおこっている。新幹線の杭はその四〇%が業者の出鱈目なやり方のために規定にみたないそうである。これでうかすつもりだったのだろう。日本の業者に何と良心がないかがわかる。また、車にはねられその治療費のために自殺した婦人がいる。これも業者のしわざである。何でも出してやるみたいなことをいってあとは音沙汰なし。自分が損をしなければいいと思っている。他人を傷つけても、損をしたくないために何らの保障もしてやらない。

日本人の業者にはコンベンショナルな意味での良心というのがあるのだろうか。よくよく考えてみると、日本人には心のささえとなるものがない。西欧人はキリスト教を持っているし、イスラム人は回教を持っていて、常に神の眼がひかっていると思ってるが、日本人の宗教は葬式宗教である。ともかく、それほど大げさに考えなくとも、人の眼があるとかないとかで善悪を簡単に曲げてはならない。

＊

おもかげのかすめる月ぞ宿りける
　春や昔の袖の涙に

俊成の娘の歌である。出典「新古今和歌集」。新古今というと、すぐに「象徴的」とか「本歌取り」とかが浮んでくるが、この歌も御多分に漏れず、在原業平の本歌取りである。しかし、この歌には美しい女性の心がある。（←「美しい」は「心」を修飾する）。

訳すと、

「いとしいあの人の面影が今かかっている春霞のようにぼんやりかすんでうかんでくるけど、その春霞の中にぽっかり青白い月がでているわ。あら、私の袖の恋慕の涙に月がうつってるなんて……昔あの人とみた月かしら」

てなところかな。大変雅やかな歌である。歌は万葉のような「実感」や「写生」に訴えたものと、このようにきらびやかな美しい面を強調しているものとある。むろん後者の方はかなり嘘っぱちのことをいってるのが多い。この歌も嘘っぱちを平気でやってるのだが、そういう堅いことを言わずに鑑賞してみるとなかなか美しい味のある歌である。

＊

武士が切腹せねばならぬ時に抱く心境はどんなであろうか。おそらく武士ならではわかるまい。とくに現代人の心境から察することは実にむつかしいものだろう。ともあれ、武士も人、我も人という見方で、武士のその時の気持ちを分析してみよう。

もし彼が切腹をいいわたされた場合、まず絶望が生じ、次いで怒りが生じ、不安が生じ、そしてそれが高じると虚無が生じ、最後に死ぬ覚悟が、つまり心の静安が生じると考えられる。しかし、その過程にはいかに多くの苦しみが生じるか、それははかり知れない。

これと同じ苦しみは太平洋戦争のときの予備学生にもあったにちがいない。自己の死による肉親の悲しみ、困窮を考えるとき、そして自己自身の肉体的苦悩を考えるとき、気も狂わんばかりに沈痛な悲しさに襲われることだろう。しかしそれにもまして精神的苦痛があるのだ‼　すなわち武士としての面目、大和魂があった。これが彼を切腹に追いやる。しかし、彼らは我々現代人が考える程理屈っぽくはない。精神的な大きな力のために、その理屈は彼の心からすでに消えてしまっているのだ。おそらく、チベットの住民が、夜は零下二〇度にも達する山岳にあって、すべての苦痛をそのために耐えしのぶ事が可能なように、自分の腹を切ることとは出来うるかもしれぬ。

精神は時として肉体的苦痛を超越することがある。人間バーベキューになって死の抵抗をした仏教徒におよぼした宗教の力は絶大である。探検家がかろうじてふみ込んだようなところに聖書を携えて宣教にゆくキリスト教徒よ。彼らは殺されるかもしれないのだ。精神の力とは何と偉大であろうか。

＊

萩原朔太郎の詩は実に現代人の苦悩をついている。ひしひしと身にせまってくる。繊細な感覚の美しさは見事である。彼はよく詩の本質をとらえている。

＊

子供というものは、大人が考えているほど馬鹿ではない。子供は大人の心の中を実によく読みとっている。中には大人より一枚上のものもいる。特に女の子の精神状態はかなり高度であり、おどろくべき勘の鋭さを持っている。子供の素直な眼でみれば、大人の考えていることもかなり鏡のように子供の心に映るものらしい。

＊

今日、東海林太郎氏が勲章をもらったというニュースが報ぜられた。氏はこのように言う。「歌は心で歌うものである。そして歌は聞くものである。けっして見せるものではない。ジェスチャーたっぷりの見せる歌はやめてほしい。また『……ショー』というよび方はよくない。それから舞台が変わる毎に衣装をかえる人がいるが、あれはチンドン屋や猿まわしの類である」と。

全く同感！　しかし一寸きびしすぎる点もある。それはそれとして、近ごろは歌手がやたらに下手な演戯をやっているのをみかけるが、こんなのは本当いってみちゃおれん。それに、遺憾なことは、最近のハイティーンの男性歌手の女性化!!　全くみるにたえぬ。やけになよなよしていてコチトラみていて気持ちが悪い。

＊

伊藤整氏の説によると、日本人作家は自滅型が多いそうだ。氏はこれを仏教や儒教とむすびつけて論じておられる。成程、日本人で社会の荒波を制しきったのは家康ぐらいなものだろう。日本人は往々にして自棄になることが多かった。けれども彼らは決して好んで「自棄」という言葉を口にしなかっただろう。破滅の過程にあって、秘かに彼らは反社会的な自負心を抱いていて、自らを美化していたのである。

私はこの破滅に対し、同情すると共に、憤りをも感じるのである。果して破滅することがそれほど潔いことなのだろうか。作家が考えている程「美徳」なのであろうか。もっと打つべき手はあったはずだ。彼らは人生を求めて足掻き、諦め、自分なりの概念をうちたててそれに従って生きていたのではないのか。下り坂にさしかかった時にどうしてとどまろうとしなかったのか。トロッコが動き出して刻一刻と奈落の底へ落ちていくとき、彼らはもうこれまでも何の努力もせずにただ悲愴感にひたっていたのではないのか。トロッコの加速度がどうにもならぬ状態になったときにその力を弱めようと苦悩しただけではないのか。その苦悩は形だけのものではなかったか。

この世はかんでスルメのごとき実に深い味わいがある。が、あくまでも「味わい」として接せねばならぬ場合が多く、決して埋没を許さないのである。つまり、どんな場合にも常に自己を見失わずにいなければならない。これは処世訓である。

人はある方向にばかり傾きすぎてはいけない。かたよった人間はつまらない。世の中のいろいろのものを見たり聞いたり読んだりしてさまざまな「免疫」をつくっておく事も必要だ。けれども物を味わうとき、決して踰を越えてはならない。そのためには自分を失わないようにしなければならないわけである。

＊

北斎の絵はいい。配色と構図はまさにすぐれている。彼の富士はもはや実在のそれではなく、彼の観念の中での富士である。富嶽三十六景をみるとそれがよくわかる。

江戸時代の絵画は技巧的にすでに完成されている。しかし、彼の場合は、その完成された技巧の中で、一枚一枚についてポイントがある。茶屋の女が指さしている線を延長させるとそこに富士があったり、大きな樽の中に富士が、まるで草野心平の詩のように、すわっていたり、波間に富士があったりする。彼の富士は生きている。それは彼自身の絵をひきしめる重要な役目をもっていて、彼の写実の中で一つの偶像としてひかっている。人間の顔をみるとよい。江戸時代のあのモンゴール的な上から押しつけたような顔だ。この顔は本物である。浮世絵のあの馬鹿長い嘘の顔ではない。彼の富士をみるとよい。本物の富士はこんなに傾斜が急ではない。彼の富士はほとんど直角の形をしている。つまり、彼の富士は彼のイメージの中の富士であり、写実の中の一つの大目付である。

北斎の風景画のもう一つのよさは、浮世絵にみられるような不純な創作意図をみないという事である。彼は天才である。

＊

ロックンロールの強烈なリズム！　青年の心をかき乱すタッチは理性を失わせる。思慮分別もなく衝動的な興奮！　リズムにのっている間だけすべてを忘れるというのが、本当のカタルシスか。一時の陶酔が本当の音楽か。麻酔ではないか。

＊

高校生になっても基本的が読み方をしらぬ者が多いのは嘆かわしいことだ。たとえば、「記す」を「しるす」と読んだ者は未だかつて一人もいない。みんな「きす」とよんでいるのだ。それから「重複受精」も「じゅうふくじゅせい」と平気でやっている。現代語ばかりでなく古語の場合も、たとえば「たまふ」を「タマウ」とやる。これは「タモウ」と言うべきものだ。また誤字が多い。ある小学校の先生から来た手紙には九箇所も誤字があっておどろいた。英語の先生でもやってるSolveを「ゾルヴ」とやる先生がいる。むろん「ソルヴ」が正しい。こういう事は常識以前の問題である。それが出来ずに何故文章が読めようか。

＊

The Fight

The light brings forth the brightness;
That does shine like a thread.
The fight clings to the thread;
That does fine like a crystal.
The night flings out the darkness;
That does pine away the fight.
But roughly speeding up,
And toughly stinging to,

The fight flames by himself.
The fight blames for himself,
On account of the cope around,
In search of the sound hope.

短歌の理解の仕方について

のど赤きつばくらめふたつ屋梁にいて
　たらちねの母は死にたまふなり

斎藤茂吉の連作短歌の一つである。たまらなくさびしい歌である。この歌のポイントは「のど赤き　つばくらめ」である。つばめの口の中の赤さは一種の霊妙な雰囲気を漂わせ、死に神すら連想させる。あるいは、母の化身かもしれぬし、子である茂吉の激しい悲しみの象徴かもしれない。そのような印象が母の死をより荘厳なものにしている。

「つばくらめふたつ」は字余りである。作者がこれを故意にやったかはさておき、この字余りによって二匹のつばめが母の死に無関心なように無情にとまっているという作者の孤独感が出てくる。「つばめがふたつ」とすんなりやるよりも「つばくらめふたつ」の方が重苦しいのである。そして、作者はそのつばめの赤いのどをみてドキリとした。平生の心では感知すら出来なかった一つの霊感が待ちうけていた。作者がこの「赤さ」をとらえ得ることが出来たほど作者の心にはピーンと何かするどい感受性が存していたのである。これをはからずもこの歌は示している。さて、同じ連作に、

星のゐる夜空のもとに赤々と
　　ははそはの母は燃えゆきにけり

というのがある。作者はまず「星のゐる」とした。決して「星光る」や「星の出た」とはしなかった。擬人化である。死んだ母はああ、あの星になったのかとでも思われそうなイメージであり、一種の悲痛を通り越して、童話の世界にも入り込む。黒い夜空にキラキラと星がまたたき、赤々と燃える光――これらは作者の心を表すに十分である。前の歌の「つばくらめ」と「星」は同じような役割を果している。もはや死んでしまった母を燃えす、そのときの気持ちは如何であったろう。母はその赤い光にのってあの星のもとにいったのだ。「ははそはのはは」(hahasohanohaha) と、実に口あたりのよい調子であり、母に対する素直さも感じられそうな技巧である。

何といっても、作者の頭の中にあるのは、「母はもうこの世の人ではないのだ」「母は今燃されているのだ。可哀そうだ」という心持ちであり、いかなる技巧をこらしても表現することの出来ぬ作者の悲しい心の内を、かろうじて「ゐる」や「赤々と」や「燃えゆきにけり」に表しているのである。

＊

青年は自己に忠実でなければならない。青年のころから処世術をおぼえ、世を水の流れのごとく、その勢いにのってわたる事は一つの悪徳である。青年に課せられた一生の間のひとつの課題は、これからの人生の行程のための下準備をつくっておく事ではなかろうか。

正しい判断をするための下地を養うべきではないか。世の中の苦しみを体よくのがれ、ひらりひらりと渡っていく事は青年の心にいささかの感動も残さない。一種の責任のがれである。世の中の苦しみに出くわせば、それをさけてとおることなく、良心的に対処していくべきである。自己に忠実に生きるという事は、自分勝手な事ではなく、自分の心に恥じない行動をせよという事である。

＊

英通の返送あり。英語は88点で五等賞だった。八千人中五十七位。商品引換券一枚つく。おほめの言葉を承って非常にうれしい。国語はあと2点で成績優秀者なのに残念。

＊

父が台湾に行くために、一時門司の山城屋で待機していたその夜、当時結核を病んでいた父の姉さんのところへ、これが最後と、会いに行ったそうである。明日か、あさってかにもう戦場へと死出の船出をせねばならぬ父のその時の気持ちはどんなであったろうか。

ところが姉さんは突然の訪問にびっくりし、そして父が来るとすぐに病牀にふしているにもかかわらず久留米にいる母へ電報をうったそうである。「すでに最後の別れをすませていた父が門司に来ていようとは……」と思った母はとるものもとりあえず駆けつけたそうである。父母の心中は、思うに、何ものを以ても表すことの出来ぬ「沈痛の情」で充たされていた事と思う。

やがて別れを告げ、父は再び軍隊に、母はまた列車で一人帰ったそうだが、母は別れてから出るのは涙ばかり、どうやって帰ったかはとんとおぼえていなかったそうだ。父はもう死ぬという腹は出来ていたらしい。ただ妻と子供のことだけが気にかかっていたらしい。父母がその時姉さんに会ったのが、最後だったそうだ。

その時二人が味わった悲しい心こそ日本人が最も大切に守っておくべきものではなかろうか。これでもう永久に会えぬかもしれない最愛の夫と会い、そのあとはただおぼろで、すべての望みを失ったように、また夢遊病者のようにさまよい、戦争を憎みつづけながら、とぼとぼと歩く時の悲惨な心を果して忘れていいのだろうか。しかるに現在、一番苦しんできて、戦争がはじまれば一番苦しまねばならぬ国民の中に戦争肯定論者がいるというのはどう考えても不思議である。

漢詩の理解の仕方について

白日依山盡　黄河入海流
欲窮千里目　更上一層楼

作者はおそらく二階ぐらいに居たものとみえる。そこからの風景は雄大であり、大きくかつ白い太陽は今、山にかたむいて、はるか下を望めば、中国第二の大河、黄河がゆったりと水を湛えて流れ海に注いでいる。中国ならではの風景である。作者のその風景に魅せられて、更にもう一階と昇るのである。

このような堂々たる詩を吟ずると、こちらまで心がゆったりしてくる。第一句の「白日」の「白」と第二句の「黄河」の「黄」、また第一句の「山」と第二句の「海」、更に第三句の「千里」の「千」と、第四句の「一層」の「一」はみな対句になっている。それから、第一句の「よって」と第二句の「いって」も語調がよい。また、面白いことに「更に」は「ますます、一層」の意味であるが、これがはからずも下の「一層」と呼応している。まあ、ともかくこの漢詩はとても雄大で清清しいではないか。

＊

朝永振一郎氏がノーベル賞受賞！

よかったく。

＊

秋の朝、陽はさんさんとして、下紅葉かつ散る風情はなけれども、天よく晴れて雲も白雪に似てゆかし。聞ゆるはただ大工の釘打つ音ばかり。きわめてなごやかなり。光の波に身を寄せて、いざ楽しまん秋の日を。水にはねる鯉の音を聞けば、生きとし生けるもの新たなる命を誇らんとするかのごとくおぼえて、マルティカラーの泉水に踊る心をおさえつつ、湧きし歌をば口ずさむ――前栽秋の水清く。

＊

自分の欲望どおりに行動するのは動物と同じだ。いやしくも人間である以上、理性はすてるべきじゃない。勝手なことをやれば、社会も勝手な方向にむかっていくだろう。自己の利のみを追求するのはあまりに無責任だ。日本人にはいいかげんな人間が多い。税金の相当額を無意味な軍事費にまわす役人。きたない道路。明日のない非行少年たち。モンキーダンスの馬鹿げた退行、フラストレーションに青ざめたサラリーマン、排気ガスのただよう大都会。退廃的な雑誌。農民が生活をおびやかされている自衛隊基地。暴力団。勝手なやり方は成程彼らの勝手かもしれぬが、身の危険を守るためにか、自分のみの利を得ようとして他を不幸にさせないようにすべきではないか。

＊

我々がよくいう「デモ」とは「デモンストレイション」のことである。そもそも「証明」という意味であり、今の日本で使われるような大衆的な、計略じみた、激しい意味はほんのすみの方に載っていて、いささかも「デモンストレイト」していない。

以前私はこの「デモンストレイション」を「デモン」と「ストレイション」にわけて考えていた。つまり「デモン」は「悪魔」のことであり、「デビル」とほぼ同じ意味だ。次に「ストレイション」は「ストラティジャム」と兄弟ではないかと思ってみたりした。「ストラティジャム」とは「策略」の意味であり、「戦略」という意味でもよく使われる。要するに「デモンストレイション」とは、「悪魔的策略」のことだろうと思っていた。

しかし本当は、「デ」と「モンストレイション」で切るべきであって、「モンストレイション」は「みせる」とか「示す」ということらしい。けれども、こうデモが過激となり、デモのための対策本部もたてられたり、組織をあげてやられてはどうもデモは「悪魔的策略」と不可分の関係にあるのではないかと思われてならない。

＊

今回の「世界美術」の配本は日本だ。居ながらにして、京都、奈良の仏像や寺がみられるというものだ。やはり伝統的な深みをもった仏像はいいものだ。京都へ行きたいという強い衝動にかられる。吉祥天女像は美しい。古いものにはそれなりの時代のしぶみが出ているものだ。

＊

英通の返送あり。国・英はともに79点で成績優秀者に載った。これで連続四回、並びに全体として八回優秀者に名をつらねたことになる。しかし、賞に入らねばだめだ。

＊

モーパッサンの「女の一生」をひろい読みした。全くずけずけとよくひどいことを書いている。まさに人生の裏街道をゆく女の「あばかれた」小説だ。ジャンヌが初めて男と接するときの描写や、僧が母犬をたたき殺すところや、女中が子供を産む場面や、坂をころがる無惨な殺人のシーンなど、実に刺激の多い作品ではある。正直いってこういったあからさまなものはあまり好きじゃない。むしろ嫌悪感をもよおす。陰気な人生ばかりがすべてではない。たとえ人生がやはり苦難多きものにしても漱石のような感じ方もあるわけだ。

＊

今日文化の日は勲章をもらう日だ。もらう人は大ぜいいるが、本当に国民の税金であげたいと思う人はほんの少数であるように感じる。政治家ならだれでももらえるのかと思っていたら、そうでもないらしい。政治家でももらおうと思う人は何か悪いことでも何でも人の記憶にのこるようなことをやらねばだめらしい。それも国民に迷惑をかけた者から順にもらっていくようだ。

ジャーナリストに言わせれば、子供がワッペンをつけたがる心境と同じものだそうだ。多くの人間が毎年一回ワッペン遊びに興ずるのである。もっとも勲章をもらう人々の中で、少数の方々は本当にその価値をもっていて頭の下がる思いがするが、ただ私の言いたいのは、やり方が当を得ていないという事である。勲章自体を否定しているのではない。形式的なものにこだわってやっている感じがする。人間の内容が軽視されているのだ。

公徳心について

日本には古くからの寺社が沢山あり、しかもどれもすばらしいものばかりである。中には当の日本人が外国人に指摘されて再確認するものもある。そしてそれらの寺社は私の心を少なからず「ゆかし」の願望でみたすものである。けれども、日本人がこれらの宝をはたして自覚しているものか、また愛しているものかを疑いたくなる事態が沢山おこっている。

今日の夕刊の文化欄には、寺社の壁にむざんにも書きつけられた落書きの事が載っており、それによると——寺社を全く黒板扱いにして、自分の名前住所等をかき、ひどい奴になると彫りこんでいるものもあるとか。自分の馬鹿さかげんを露見させている様なもので、非常になげかわしいと思った。しかもこういう寺は、それが重要文化財であるために、壁を塗りかえることも出来ず、むろんけずり取ることも出来ない。また仮に塗りかえが出来たとしても、またこれ幸いに書き汚されることだろう。寺側はどうしようもない始末で、パトロールを出すのも費用がかさむし、という事らしい。

思うに、こういう事は「良心」という根本的な問題に帰するよりほかにないのであり、臨時の対策をつくったところで糠にくぎだろう。一番困るのは、外国人に対して恥ずかしい。公共物に対して、特に文化財に対し、愛情をもてぬ日本人はただあわれというほかあるまい。まずは日本人の公徳心の欠如の原因を極めるに若くはないが、どうもこれには時間と資料を要するわけで、受験生の私にはできない。

＊

菊池寛という人は、あまり知らないけど、とてもエピソードのある人だ。そして映画になったり、テレビに連続化されたりして親しまれている。菊池寛賞というのもあるし、文藝春秋は今も健在である。帽子を知らずにしりの下に敷いて「帽子がない〳〵」といったり、入歯を落として不気嫌になったとか、帯がとけてずり下がっているのも気づかずに歩いていたとか、友人の罪を自分がかぶって一高を退校したとか、そのほか数限りなくある。

「父帰る」「屋上の狂人」「奇跡」などを読んでみるとわかるように、短い作品の中に人間くささを最大限にもりこみ、下手に芸術を高尚ぶらずに、常識人としての立場から、ある真理を浮き彫りにして我々に示してくれる。それはいわゆる「生活第一、芸術第二」のいき方である。一見とぼけたような菊池寛は、実は極めて健全で尊敬すべき人なのだ。

美について

美とはいったい何だろう。この永遠に浄化された魅惑の観念――人間を最も高く位置づけ更にその地点から彼の憧憬をいざなうもの。不定の形をもち、泡のようにはかないにもかかわらず人心の内部にはある決定した観念。そして手に入れることの出来ぬ北極星、この世に本質の美は存在すまい。本質の美とは、あくまで観念の世界に巣喰った推定である。花をみるとき、「美しい」とそう思った一刹那、すでに美は消失して、眼前にあるものは不完全だらけの空しい花の現実像である。それはやがては枯れてゆく生命である。花はモータルであった。しかるに美は永遠である。

デカルト的にもう一歩延長して考えてみると、人が美を意識する観念は存在し、それは不可解ながらも永遠の生命を保っている（少なくとも人はそう考える）。実は、「美しい女である」という時にその美はもはや本来の美ではなく、美の代償である。人間が美の形而上学から退いたときに、代償を求め出す。人間は人間である以上美を把握する事は不可能である。人間が美を必然にせまられて半分あきらめる時、美は人間を遠ざけてゆき、至上の世界で人間を嘲笑している。「おまえはそんなものを美と信じ込んでいるのか」と呪いながら。

＊

散髪屋に行き、帰りに本屋へ寄ってみた。「ベトナム戦争」に関する本や、「日本人の思想」とか、カッパ文庫をみているうちに、「自分で考えるという事」という書物が眼に入った。早速買ってきたしだいである。実に素晴らしい本だと思った。まじめな本だと思った。そして青年は一度は読んでみる必要のある本だと思ったのである。作者はあたたかく、よくわかるように書いていて、その論理は一つ一つ当を得ている。しかも七十円だからとてもよろしい。心の底から自分が浄化されていき、新しい力が湧きあがってくるように感じた。

一見この書物はかたくるしい哲学書のようだが、一度読んですぐわかる文体で書かれている好感のもてる書物である。作者はこの書物の中で、「理性的であろうとする者は、この分析ということを心の底まで浸み込ませねばならない」といい、「要素的なこと、基本的なことを十二分に学んだ者だけに前進の開始がゆるされるのである」といい、「分析と総合こそ理性的人間の辿らねばならぬ道なのである」といい、「絶えず自分を省みることが必要」といい、「真理への熱情と、人類の幸福への熱意なくしては合理主義的実践は不可能である」などといっては、真に青年のとるべき正当な道を開いてくれているのである。

青年の心は混沌としたものであって、一度に多くの刺激がおそってきて、かつまた諸々の精神的緊張のために、青年の心はかなり危険な状態にある。そして、そのクリティカルなものにある種の大きな刺激が加わって、多くの青年は自分を見失っている。これは今日の日本に特に著しい。作者はこれを嘆き、ともすれば空論に終わりがちな理性の問題を、よくときほぐしてくれている。

この書物は青年だけのために書かれたものではないかもしれない。しかし、作者のいっているように「人はいつ思索をはじめていいというわけではない」のであって、我々迷える羊（ストレイシープ）に道を開いてくれているのであろう。

現代日本の精神文化は非常に劣っている。すぐに衝動的に行動し、異常を求め、何でも古いといっては、新しい何かしら抽象的な影を追い求めている。恥ずべきことである。すべてを全体のために拒絶した二十年前ののろわしい戦争は我々個人というものをあまりに軽くみすぎたが、その反動として「民主主義」というイデオロギーが叫ばれている。しかし、依然として我々日本人は烏合の衆よろしく全体の中に自分を見失っているではないか。もっと主体性をもってしかるべきだろう。

＊

嗚呼、空しい。私の前途に光はない。昨日と今日と明日と、そんな日々だけが私の廻りをかけめぐる。今日もさびしく人は死んでゆき、苦悩を背負いまた新しい生命が誕生していく。そんな現象を先史以来、永劫の果てまで人はつづけていくのか。私の前にはすべての権威が崩れさり、その残骸が汚い姿を私にみせつけている。私の眼を刺激し、精神を疲れさせ、あえいでいる。人間は弱い。弱き者、汝の名は人間なり。

太宰治のいった事――「自分は『先生』とよばれた。自分の精神も肉体もみなよごれ、傷ついている。だが、自分は彼らに『先生』と呼ばれるくらいの苦悩はしてきたつもりだ」――というのが、呪いのように私の頭の中でこだまする。こんな暗いものはいやだ。暗い神経――それは竹の根の先のように、かすかにふるえ、おののいている弱い姿の象徴である。しかし、私は誰の手もかりない。手をさしのべてくれなくともよい。だが、嗚呼、何と空しい……。

＊

母校愛というものを高校生はあまり持ってないように思う。不満を沢山しょいこんで、粗さがしばかりやる。そして自分の学校のよさに全くといってよい程気がついていないものだ。学校の校舎から、樹々、土の一塊にいたるまで懐かしみを感じ、学校を真に愛することが大切だと思う。

いやしくも自分がその学校を選んだからには、つまりその学校の同窓生となる運命をせおったからには、その運命愛（アモル　ファティ）を心に抱くのが当然であろう。少なくとも自分の学校を日本一のものにしてやるぞという気力を持つべきだ。

＊

人間はぼけぬ限り、完成は死の直前にあると思う。肉体の盛時はとるに足らぬ。人は二十五歳をすぎると、少しずつではあるけれど老化しているといわれる。その老化は死の直前までつづく。五十歳の人は四十歳の人よりも確かにおとろえている。確かに死に近い。しかし、十年分だけ人生経験を得ているのであり、また学問の世界に於ては十年分だけオーソリティという事である。

西田教授は決して教授を辞せねばならぬことを嘆かれなかったことだろう。氏は京大を退官なさった後、いわゆる「西田哲学」を体系づけられたのである。氏は死の直前まで研究をつづけられ、死の直前に「西田という理性」の形をとり、そして亡くなられたわけである。そういう意味で、人間は何も自分の老ひをなげくことはないと思う。人生の花はすでに散っているかもしれない。しかし花のあとは実がなる。自分がいやしくも努力を怠らぬ限りは、人間完成に近づきつつあるのだという自信をもつべきだ。

＊

アメリカでもベトナム戦反対のデモがあっていて、今もまた大デモを計画していると聞く。そのデモはニューヨークタイムズの二面を買い込んで大いにアピールし、約二万〜五万人の参加者を予想しているという。しかも、おもしろい事にアメリカの知識人がこれを唱導しているそうだ。日本にも公聴会というのがあるが、アメリカのインテリはどうやら実行型らしい。今のベトナム戦はいってみれば、意地の張り合いで、このようにやっているアメリカのおひざもとで反戦デモやら徴兵用紙の焼却事件がどんどんおこっている事実からも、どうも大統領の独裁をものがたっているように思える。私もここで一発「ベトナム戦反対!!」といいたい。

＊

私の心の底をわかってくれる人はいない。皆私の外的な性格しかしらない。その意味で、私にとってすべての人は異邦人である。しかし私は信じている——誰かがきっと私の内面を理解してくれるだろうと。今はその時の開花すべきものをじっとはぐくませているのだ。

＊

朝、起き出づるに、寒きこと世になく、南極とまがるほどにいみじかりければ、登校途中にて切に感じたるを詠める。

食ひしばる歯もうちふるひしんしんと

＊

本日、旺文社から万年筆とシャープペンシルを送って来た。万年筆はセイラーで、シャープペンシルはプラチナである。やはりこういうものは何度もらっても嬉しい。

＊

西欧の美術はキリスト教と不可分である。今日、「世界美術」のルネサンス後期の配本があったが、やはりキリスト教はルネサンスといえども切りはなせないようだ。ルネサンスは盛時期にみるべきものが多く、後期はまるで堕してしまっている。マドンナ一つにしても、人間美がなく、つまり愛や暖かみがない。当時の教会の堕落にもよるからかもしれぬが、いずれにしても西欧一流の宗教画がちっとも神聖に感じられない。人物はかたくてまるで死人のようだ。画家は当時死刑で死んだ人間などを買って来て、解剖していたらしく、人間の筋肉や骨の具合はよく出来ているにしても全体のまとまりがなく、またまるでキリストが労働者の殺されたような俗なものになってしまっている。盛時期のラファエロのほうがずっとあたたかみに富んでいるようだ。

ラファエロ自身たくさんのエピソードを持っているように、とても情の豊かな人であったらしいが、特に彼の「椅子のマドンナ」は好きな絵の一つである。そこには愛がある。技巧も優れているし、まず一級のマドンナであろう。それはダヴィンチの「岩窟のマドンナ」のような知的なものは感じられないが、とても愛らしく、美しい聖母はルネサンス後期にみられないやわらかさをもっている。

＊

ふっとおこる寂しさは、人にある時は涙をもたらしあるときはそれをこえた世界へと人を運んでしまう。この世界には自分以外の誰も入る事は出来ない。自分はこの世の中で一人なのだ、一人ぼっちなのだと思い、いいしれぬ悲しい気持ちで、荒涼とした寒空の下に一人ぽつねんと立っているような……そんな気持ちになる。叫びたいし、叫んでもむだな気もする。親も兄弟も誰一人として居ない、そんな世界で一人死んでいくのか。誰も自分をみとどけてくれず、誰も自分の死を悲しんでくれずに、自分は去っていくのか。その屍はやがて、寒い雪におおわれ、凍りつき、くずれ、風化され、粉になり、散っていくのか。そして散っていっても自分は一人なのか。

こう思うとき、私はこの上もなく人が恋しくなり、ざわめいてはいるが確かにこの世に足をつけている事に気づくのだ。そして新たに心の深い奥深いところから小さな光がともってくるのを感じる。もうさびしくはないぞ、といいながら我知らずこぶしを握りしめて、眼の前のかすみを破ろうとするのだ。

＊

この世の中には沢山のかわいそうな人々が居る。このような人達にくらべると私は何と横着で、ぜいたくで、理屈っぽいのだろうか。ちょっと自己嫌悪を感じる。

＊

後輩よ、幅のある人間になれ。偏見を廃し、忠恕の心を持て。自己の信念を曲げぬ事も大切だが、果してそれが絶対者の眼から正しいかは人間である我々の知る処ではない。

俳句の背景について

須磨寺やふかぬ笛きく木下やみ

この句を理解するには平家物語を知らねばならない。また、作者芭蕉の「俳句的性格」を承知していねばならない。「俳句的性格」というのは、芭蕉の懐旧的素材のとり方を仮にこういったわけで、これも彼の句を味わう上で大切だと思う。かの有名な

夏草やつわものどもが夢のあと

にもみえる彼特有のセンチメンタリズムである。敦盛の最期は熊谷次郎のヒューマニズムと時代の悲愴感を以て、広く人口に膾炙するところであるが、芭蕉の身においてはそれが一段とせまっていたようである。そのゆかりの地に於て大いに感慨無量であろう。目の前に展開する昔の一大絵物語を想い、いつの間にか心の中で敦盛の哀しい笛の音を聞いているのである。戦さという非情な世界にあって、ひときわ美しく聞こえるものだと思う。「木下やみ」はむろん夏の詞であるが、これはこの句全体に落ち着いた雰囲気を与えている。更に「須磨寺や」によって人は一挙に平家と源氏の昔につれていかれるのである。そこでは笛がバックミュージックとして古い傷をなだめるかのごとく流れているのである。

＊

私は和英辞典を国語辞典がわりにつかっている。広辞苑をひくのはドサバサして始末にわるい。一寸漢字をわすれた時には和英でバラ〳〵っとやるのである。また言葉の意味もけっこう間に合う。しかし、私が国語辞典を軽視しているのではさらさらない。

＊

私が批評文の中で一番身にしみたのは、三谷隆正氏の「信仰の論理」の一節である。こう書いてあった。「げに学ぶ事は決して独創力をそこなわない。真個の独創力は学ぶ事によって、いよいよその力を発揮こそすれ、決してそのためにおおわれてしまうような弱いものではない。他に学べるがためにおおわれて消えてしまうような独創力ははじめから独創力ではなかったのである。もし特異性が特異性のみのゆえに貴いならば、すなわちちやむ。しからずして、独創の貴きゆえんは特異なる状態にあらずして、自由なる一己のはつらつたる発展になるならば、貧しき特異性を守りぬくよりは、より多く一己の内容を豊富にすることを計るべきである。すなわち大いに学んで、大いに一己を肥やすべきである。いわゆる独創は失わんことを恐れ、自己の小さき異色を守りて、学ぶことを怠るものよ。なんじの恐怖は笑うべきである。むしろなんじの全力を投じて、他に学ぶべし。しかる後はじめて、なんじはなんじの独創を全うするであろう。そういう独創のみが貴い」と。

＊

浮世絵なんてちっともいいとは思わない。切手に刷られてデパートで高価をつけられるのがいいところ。

みな類型的で、製作意図は邪道である。当時の庶民にこびており、こびなかった写楽などはちっとも有名でなかったし、逆にフランス印象派にとり入れられたりしている。

近ごろは高価な浮世絵の美術全集なんてのが多く出まわってるが、これも切手のコレクション的センスの域を出ない。浮世絵に書かれる人物というのはみんなへんにバランスがくずれている。胴が異常に長かったり、脚がへんなふうについていたりして、だいたい絵の基礎であるデッサンはまるで無視されている。

＊

サマセット・モームがなくなった。氏ははじめ医学生であったのだが、自分の道は小説にあると信じ、苦労をしてやっとロンドンのある劇場でみとめられ、あとはバタバタと有名になった。氏の精神は「きどらない人間の姿」を描くことにあると思う。

＊

机をガタガタやっていると、今年明治学園のメール大沼から戴いたクリスマスカード様のものが出てきた。すこしもよごれていない。ゴミも神聖なものにはつかぬものらしい。メールの美しい字で「謙遜になるには真実を愛する心が必要である」と書いてある。メールの心のあたたかさに再び心を動かされずにはいられなかった。メール大沼は実に心の奇麗な人だった。あの三角形のメール姿は今も心にうかんでくる。

＊

その人のために嘘をつくのは許されるが、人間関係のとりなし役の嘘は忌むべきである。

＊

言論の自由の結果、近代日本人は、簡単なものいいで、微妙な人と人との心理を伝え合う事が困難になった。これはある意味で悲しい事だ。しかし、未だ日本人は、相手のいった言葉の中に隠された心理を読みとる術を捨てきらずにいる。全くおかしな話だが、実にそうなのである。

＊

草千里のようなところで、さんさんと陽の光をあびて、大の字になってねころんだら、どんなに愉快なことだろう。草いきれの中で口笛を吹きながら大空をながめて青春を楽しめたら。

＊

日本歴史の女性のうちで建礼門院は比類なくかわいそうな人である。運命にもてあそばれるままに、三十余年のはかない生涯だった。これが日本女性の一つの典型であるとしたら、あわれになって来て泣きたくなる。大原御幸など読むにしのびない。平家物語では、清盛を中心とした彼らの傍若無人ぶりに憤りを感じつつも、その武勇伝的物語と背中あわせに、あるいは建礼門院の、あるいは小督の、また月見の一節に、悲しい抒情詩をおりこんでいる。私はそれが平家の魅力であると思う。

理性と感性

人間は弱い。感性に溺れるが故に弱いのである。苦悩の一部分をそれは形づくる。人間がもし不撓不屈のものであるとすれば、この世に苦悩は存すまい。然るに、総て人間が感性を所持しているがために、人間は自己のロゴスとの対立・矛盾を顧みて、自己潜在の弱さを知る。とりわけ知識人は自己の理念の高さとの遙かなる隔たりを感知し、所謂「知識人の苦悩」を生む。

ところが、人間の感性が存在してこそ人間といえるのであり、悩みのない人生もまた喜びはあるまい。不撓不屈の人間像は仏像と同然である。敬われはするが、愛されはしない。人間の精神には常に理性と感性が対立しつつ共存している。と同時に、人間は弁証法的により高次な一段階を進むこととなる。Rなる理性とSなる感性は互いに作用し合って、T＝R´＋S´なるものに昇華させる。人間によりさまざまなる感性はその過程に於て、極力、理性の中に吸入せられてゆき、不偏的統一を持つ理性のもとに含まれるべきである。弱き人間にとって感性は理性に従属せられねばなるまい。その過程が成就せられたとき、ここにはじめて感性によって和らいだTなる理性体は存すのである。

＊

明日、ツタンカーメン展を観に行く予定。ツタンカーメン王の秘宝については乏しい知識しか持ち合わせておらず、遺憾なことであるにしても、このツタンカーメン展行きには、二、三の効用もあると思う。まず、じかにこの眼で世紀の美術を観ることが出来るということである。今まで日本人はこういう売買の出来ない程の美術品を鑑賞する機会がなかった。幸いにして、先日の「ゲルニカ」、さらに「ミロのヴィーナス」は日本にもやって来たが、二回とも私は観ることが出来なかった。その意味で、私にとっては「ルーヴル美術展」以来の機会である。それに、家族で観に行くというのも意義深い。また、ツタンカーメン王の秘宝を観ながら、どれだけ自分の審美眼があるかを試す事である。古代美術を観るときには、その宝が古代への窓となり、そこから広く大きく古代のその時代を思いやることが大切であるように思う。私は、世界史の知識も美術史の知識もすべて動員してみようと思っている。

＊

ツタンカーメン展を観にいった。あらかじめ兄に博多駅に来るようにいってあったから、駅へついて捜していると、颯爽としてお出ましと相成った。タクシーで四人そろって会場へ。入り口近くで朝日新聞社から出されているツタンカーメンの解説本を父が三五〇円で買って入った。現代から古代へ一足飛びをしたような興奮と緊張で、私の心はいささかショック。気持ちのよかったことは、野次馬根性的な人種がいず、大学生や娘さんといった静かなムードであったということである。眼の大きなかわいい女学生もいた。ツタンカーメン王の黄金のマスク以下についてはbeyond my description。書かぬ方がましだろう。

会場を出て、父が中洲にいこうというので、「ロイヤル」というレストランで食事をした。商店街はクリスマスの色に塗りつぶされているようだったが、どうも日本人のいう「クリスマス」というのはピンと来ない。しかも「X'mas」という間違いのある立看板の多いこと。日本人が「クリスマス」という場合には、たいていあとにまだ言葉がくる。「クリスマスケーキ」だとか「クリスマスパーティ」だとか「クリスマスセール」だとか「クリスマス料理」だとかいう風で、つまり飲み喰いにしかつながらない。世界のキリスト教信者に悪い気がする。もっとも私自身、つい最近まではまずいデコレーション・ケーキでも、人からもらったらウキウキしていたし、去年もその前も七面鳥喰ってるんだから、そう責められるものじゃない。ともあれ今日はいい日だった。

＊

今日で昭和四十年ともおわかれだ。大つごもりの今日は、朝から夕方まで勉強部屋の掃除をした。床は数回雑巾をかけた。七時から九時まで、九時から十一時四十五分まで唄ばかり聞く。ゴーン、ゴーンと今、除夜の鐘が鳴っている。この音を聞きつつ、この一年は私にとってあまり良い年ではなかったと、一人思う。

嗚呼、来年は我が運命のとし、いやしけ吉事、〱！

関連年表・昭和四十年

一月二十一日　インドネシア、国連脱退。
二月七日　米軍のベトナム北爆開始。
四月二十四日　「べ平連」初めてのデモ。
五月二十二日　東京農業大学のワンダーフォーゲル部員が上級生のシゴキを受け死亡。
七月五日　誘拐されていた吉展ちゃんの死体が犯人の自供で発見される。
八月十九日　佐藤首相が戦後初めての沖縄訪問。同日、戦後初めての赤字国債発行決定。
九月六日　インド、パキスタンがカシミールで衝突。
十月二十一日　朝永振一郎教授にノーベル物理学賞の受賞が決定。

＊出版　大松博文「なせばなる」
岡村昭彦「南ヴェトナム従軍記」
＊映画　黒澤プロ「赤ひげ」
山本プロ「証人の椅子」

高校時代2

（昭和四十一年）

一年の計は元旦にあり

今日は、「おめでとう」を耳にする元日だ。いったい何がおめでたいのかを考えてみると、どうも気分を一新するのがおめでたいらしい。しかも、一億の人間が皆してけじめをつけるのが、結構なわけである。今日は一日中TVにかじりついて寝正月。歌につぐ歌である。むろん正月にしかつめらしいドラマなどみられたもんじゃない。九ちゃんや九重佑三子や植木等や田代美代子が入れかわりたちかわり出て来ては、居ながらにして眼を楽しませてくれる。高くなった数の子はジャキ〳〵と口を満たす。みたされぬのは頭の中。そこで一年の心がまえをねってみた。まず、とにかくやらねばならぬということである。しかも、アクティヴィティをもって、その道の本物たらむとして努力すべきである。要は押し、押しである。

＊

土曜日。小春日和というと全くあたらないが、もはや新春の暖気というべきいい天気。しかし、心の中はちっともあたたかくもない。嵐の前のしずけさという変な予感がする。湖水朦朧として、頭は閑寂として、という風だ。めんどうくさいことはやりたくもなく、かといって勉強はせねばおさまらぬ。博多丸善の四階で午後中本を探してみたい気持ち。けだし、気骨ある者にぶん殴られそうな心境である。

＊

欲望のないところに行動はなく、目的のないところに希望はない。

人格形成について

人間は二面性を持っている。自己の内部に在るかなぐり捨てる事の出来ぬものと、もう一つ、それに対立する外的性格である。往々にして他人はこの外部的人間性を以て彼の人格と称する。けれども、あたかもくいいる根のごとくに内在するものを忘れている。否、他人には見えないもので、従って理解することの出来ないものなのである。それは、個人の特有の感情と呼んでもよく、単に情と命名してもよかろう。

とにかく知を以て説得すれども不可能な融和し難い潜在的性質の謂である。実は、真の人格形成は、この点に在ると思うのである。――すなわち、内的自己と外部における人格を持った自己との一致をせしめんことである。外部のみの人格者は偽善者である。いわゆる人格者たり、かつ潜在的人格者たらむと努力することが、真の人格形成をすすめる意義であろう。

雑感

父から聞いたところによると、うちには碧梧桐の手による添削の句集があったとか。実はこれは祖父が一緒に阿蘇に登ったりしたとかで、また碧梧桐が弟子の井泉水等の句を添削してやり、いい句にして出させていたのだが、その秀句誕生の前のものが、祖父の所持していた、つまり我が家にあったものである。もっとも今はどこにあるのやら、とんとわからぬそうであるが、ともかく私にとって貴重なものがあったものだ。

うちは元来、文学に凝る血筋らしい。父も一度は文学青年を夢みたとかで、冗談半分にいっているが、中学時代にはよく俳句もつくったらしい。兄も大いに文学好きである。祖父は自分の修学旅行のときに、すごくぶ厚い紀行文を筆で書いたそうである。私は正直いって文学はきらいであった。高等学校に入ってからようやく好きになって、小説もちっとは読んだ。

例えば、高校生になってから「それから」「三四郎」「思出の記」「女の一生」「坊ちゃん」「草枕」「旋風」「浮雲」「若きヴェルテルの悩み」「火の鳥」「雪国」「伊豆の踊子」「春琴抄」「父帰る」「藤十郎の恋」「屋上の狂人」「羅生門」、以下「反逆児」「一握の砂」「風立ちぬ」「走れメロス」等々、はては「かけ出し三四郎」「旋風三四郎」「いなずま三四郎」「万年太郎」「意気に感ず」などの通俗小説、また小説以外では「人生読本」「私の人生観」「自分で考えるということ」「自殺について」「人間の建設」等。古典では自分で読んだものとして「徒然草」「更級日記」「平家物語」「百人一首」。英語語源の本は「英単語物語」「英単語覚之帳」「語源千一夜」等である。

「今どき受験生で小説を読む奴があるか」と人は言うかもしれぬ。しかし大人になってはわからぬ青年の日の感情を要する小説があるものだ。とくに純文学になると、これはもう大人はあまり読まなくなる。したがって青年期に逸すると一生読まぬということに相成る。これではだめだ。文学によって感動せずに、ただ実利と競争の中を生き、死んでいくのは、的を矢がはずれて飛んでいくようで、あまりにもあわれである。しかも私の場合は、読まざるを得なかったし、読まずにはいられなかった。

文学は生活には必要ないかもしれぬ。しかし文学は人間には必要であると思う。自己のもろもろの人生的不安を晴らすために何か別の娯楽に身を委ねることも一つの解消法かもしれぬが、考えてみればなんと儚いことだろう。こんなときに本を読むのである。

本は何らかの形で我々に何かを教えてくれる。作者がいいかげんな場合はその限りではないが。読者にこびるような作者のものは読むに価しない。読者の立場にたって書いてくれる作者のものこそ読むべきである。しかもいやしくもこの世に本がある以上、一度はそれらを知って死にたいものである。

昔の学生は、わかるわからぬにかかわらず、哲学書などを多く読んだものである。その当時はTVもなくラジオもなかった。今はもう「何もかもちっちゃってるよ」という感じがする。今の世に天才はいない。少し頭がよければ東大に入って官僚になるし、哲学にでも凝ろうものなら大学には入れない。大学教授はTVで何かの宣伝のアルバイトをしていたり、とにかく日本中の人間が実利という鎖につながれた、どこぞの犬のごとくさまよっている。否、鎖につながれているから、さまよう事も出来ぬ。もしも鎖をひきちぎろうものなら、どこかでのたれ死にせねばならぬはめに陥る。ところが、これを批評する方も、実に類型的でしかもソツがない。批評は増えるばかりで、しかもバラバラだ。

ここで、明治以後から第二次世界大戦までの歩みは一つの雲にたとえられよう。地上からどんどん水分が上っていき、それは軍国主義という暗雲と化した。その雨雲のかぶるところは陰気で不安な、そのくせからいばりをした人間の町である。雲の成分は個々の高揚した日本主義であった。やがて、均衡は破れて雨が降ってくる。敗戦だ。そしてその雨は息せききった批評の雨であった。落ちゆくところは大海の底。何の変化もない。

近ごろよくいわれることに、知識の専門化ということがある。たとえば、ある化学者はナイロンがヘキサメチレンジアミンとアジピン酸の云々ということはよく知っているし、ポリペプチドがどうしたのということはよく知っている。しかし、ドストエフスキーといってもピンと来ず、スキー用品のことかな、と思ったりする。「サロメ」といえばバーの事を思い出すらしい。女性は女性で、「ゴージャスなスポーティングウェアにエレガントなアプリケをアレンヂ致しまして、スカートはフリルをつけ、ヘアースタイルは今はやりの何とかかんとかカットです。とてもモダンなヤングレディ用ツーピースです」という風に、全く英語を覚えるだけで大変だ。

この世の中で一番かたよらぬ知識をもっているのは、あんがい高校生かもしれない。ビニロンはどういうものかも、シェラザードとはどういう物語に出てくる女かも、マキャベリーの「君主論」の背景についても、中間値の定理も、カンディンスキーも、実に高校生は知っているのである。しかし反面、私は今の知識の偏重もいたし方ないと思うのである。例えば医者を例にとってみても、音声医学なら音声医学を、脳外科なら脳外科を、一つ自身の権威として持っておく必要があるわけで、どれもこれも手がけていたら教授などつとまらぬようになっている。私のいいたいことは、専門はもちろん持つべきであるが、人間として当然持っておくべき常識（文学・一般社会学・哲学・その他の教養）は、ぜひとも欠くべからざるものであるという事である。どこぞの大学教授は、親善野球の試合で、たまたまバットにボールが当り、三塁にむかって走り出したという。何と可哀相なことではないか。

＊

「小さな者へ」は水晶の結晶の様な短編だ。

＊

消え入りそうな私の心と身体。「絶望」の二字が頭にちらつく。今の私を救ってくれる人はいない。ただ熱にうなされたように、私の心の中は混沌としている。すべての存在価値は薄れつつあり、私の前途に道はみつからない。闘志は空しくなって、ただあるは青息吐息の心ときゃしゃな体――。

俳句について

俳句は日本国民文学の典型である。十七文字の中に見事自分の感情を収めるという事は知的な作業にほかならない。しかもただ並べればよいというのではなく、句と句の間に大きなイマジネーションをおこさせるものであるべきで、かつ密接なつながりを持たねばならない。またむろん季語は俳句のかなめである。わずか十七文字の中におさめる事によって、充実した内容を帯びてきて、しかももう一つそこに形式の美も存すのである。

俳句は警句でも諺でもない。散文的であってはならない。「けしき」を詠むものである。それは俳句が季語を伴うための当然の条件であり、その「けしき」にしても単なる情景と心の情景をあらわすものである。俳句には技巧美はあまり通用しない。枕詞もなければ序詞もない。ただ真の感情を流露せしめむ事である。例えば、

いざゆかん雪見にころぶところまで

などは、何の飾りもない素直ないい句だと思う。純朴なこの句に対しては、うがちの好きな川柳人もあまり皮肉はこめていず、ただ、

膝や手をはたいて翁かへるなり

とばかり云っている。ついでながら、つまらぬ和歌に対して川柳人は、

順ぐりに昔のことを恋しがり

と、いたいところをついている。

要は自分の実感を曲折なく知的に処理することが肝要だと思う。たとえば、

麦の穂をたよりにつかむ別れかな

などは、実際秀句であろう。俳句にはピリリと辛い山椒の味があり、この価値が俳句の一つの魅力なのである。成程、俳句は日本だけの文化である。世界の文化たらむとすれども、英訳も独訳も困難だ。カールブッセの詩は上田敏によって見事日本人も理解出来得る事となったが、俳句のもつ「味」は日本人にしかわかるまい。

You might think but today's heat.

は、何の意味かと思うと、

ゆうまいと思へど今日の暑さかな

だという有名なトンチがあるが、この「ゆうまいと……」の句にしても、そのままの気持ちをするりと云ってのけたわけで、何のことはない。何のことはないが、実は何のこともない詠み方もまたむつかしいのである。そういう詠みぶりの境地にいたるまでが大変で、いわゆる技をみがく事が必要であり、即物的なものを

うまくとらえる直観の力、つまりものをみる眼が必要になってきて、それをうまく処理する技術も要すのである。そのためにはやはり才能に帰するよりほかあるまい。

＊

ソ連、月に軟着陸成功！　画期的な事である。画期的には相違あるまいが、アメリカも同様、もっと国民の血となり肉となるものに金をもすこしまわしてほしい。月旅行——大いに結構！　私はそれ自体を反対しているのではない。しかし、もし月につくことが実現したとしても、それは人類の夢が実現したにすぎず、また、気象その他の効果があったとしても、どれだけ国民の生活を向上させるものだろうか。

まるで共産党みたいなことをいうようだが、例えば、日本のF—100◯△なんてのを一台つくるだけで四億五千万円もかかる。ところで日本の政府が一年間に中小企業にあてる費用は、なんとたったの五億であり、一台ジェット機（それも戦闘機）がおちればたちまちけずられるハメになる。しかし、こういう軍事的なものは全く国民の生命をおびやかすものであるにもかかわらず、国民はこれを馬鹿面さげてみすみているのだ！　笑うべきだ。いや、悲しむべきなのだ。とにかく国民はもっと政治を監督すべきなのだ。

＊

世の中は一応平衡状態にあると言ってよかろう。一見、安定している。けれど常にせわしく莫大な数の正電荷及び負電荷を有するイオンならぬ人間が入れかわりたちかわり動いているかもしれない。だが、その平衡状態はなるべくしてなっている状態であり、一応安定しているのである。世の中が間違った状態なりにおさまっているかいないか、それは主観によるところであるが、一つ言えることは、世の中が間違っていれば、むろんこれは正しくする必要があるわけで、また外見上た易いようにみえる世の中も、ぶつかってみると内在する異分子は容赦なく自分に向かってくるのである。反対に、良心を偽って世と妥協してしまうと、成程、反撥する力はおさまる。

水面に描かれた波紋は時とともにおさまるだろう。人生の目的を今仮りに自己を高めることとするならば、悪を野放しにすることこそ生きるに値しまい。人間には善と悪、正と不正を判断する力は確かにあるわけで、いかなる極悪人といえども、気違いでないかぎり良心を持っている。人間はこの良心にこそ判断の基準を置かねばならない。ところが、ここに一つ問題がある。人間社会において負の異分子と考えられるものは、そう簡単にわり切って考えることの出来ないものが多いのである。

平衡とは、何度も云うとおり一応そこでおちついているのであって、軽率にこれを壊すことは深く慎まねばなるまい。熟考につぐ熟考が要求せらる。しかもそこに「嘘も方便」という言葉のもつ意味を味わって頂きたい。例えば、我々は「レ・ミゼラブル」という小説の主人公ジャンバルジャンに対して、限りない同情と愛を注ぐに違いない。彼がパンを盗んで投獄されたことに対し、これを絶対的な悪だと断言しえないように感じ、むしろ投獄されたことに対して憤りすらおぼえるだろう。そしてジャンバルジャンは可哀そうだと叫ぶにちがいない。我々は彼の罪を気持ちよく許しているのだ。

しかもこれは「必要悪」だとわり切って考えられようか。世の中は鬼や悪魔のものでもない。実に血もあり、頭脳もあり、心もある人間によって成り立っているのである。そして、そこには確かに正の分子・負の分子がせわしく動いていよう。けれども、自然科学で云う平衡状態の成分である正負の分子ははっきり分かれているが、世の中はそれほど簡単にこれが悪だといえぬ場合がある。我々が悪を憎み、これに勇然と挑戦することは正しい。けれども、そこには同情や愛が必要なのである。また、我々自身の意見や思想が必ずしも絶対的に正当であるといえないところに問題があるのだ。

＊

昭和四十一年二月十日に思ったこと。

自己の諸々の欲望に勝ててこそ人間だ。この世の中で最も確かなものは、高尚な理論でも地位でもなく、実に人間の人間たる理性である。かかる理性を失わぬものが賢者、否、聖者と云えよう。

人間は生きている限り、この聖者にあくまでも近づかねばならぬ。世の俗性をすてて、あるいは空しい理屈をすてて一路驀進せねばならない。人は己一人で生まれ出て、己一人で死してゆく。孤独との戦いである。このたたかいに勝利をおさめるものが、安らかに死してゆく唯一の権利を有すのだ。自己潜在の第三の性格ともいうべき良心に従って、ぐいぐいと進むべきである。謙虚に人間のあるべき姿を考えて、そして大胆に出発せねばならぬ。人生は苦い。生命は有限だ。だが、人生の苦き故に覚悟を定め、生命の空しさを知ってこれを大切に育てる――これが大切だ。

私は今まであまりにも勝手すぎた。あまりにも愚劣であった。そしてあまりにも迷いすぎた。しかも、それらは何と人生に宿る悪魔のしかけた罠であったのだ。噫！　その罠の数は無限で枚挙に暇の無かったことか。高い理想、そしてず太い根気――人間はあらゆる試練を乗り越えて自己を完成させねばならぬ。「完成」――それは絶対者である。立ちあがれ！　そして謙虚にず太く猛進せよ。

＊

趣味とは、チャーチル卿も言っておられたごとく、自分を少しでもみがくものでなければ、その資格を持たないと思う。切手のコレクションや石いじりは娯楽であって、趣味ではない。趣味として私が大学に入ってからやりたいことは語源の研究である。今まで数冊この種の本をワクワクしながら読んだが、これらの知識は実に断片的であり、しかも本自体が一般向きであったために、私の好奇心を十分に満足させてくれたとは云い難い。語源に関しては、ウェブスターにすべての単語の語源を載せてあるが、これはあまりに事務的すぎていけない。やはりどこをどう経てどう到ったかがわからなくては面白くないものだ。

元来、単語というものは、どんなものにせよ何かのつながりを何かの形でもっている。例えば、prejudice は pre- と -judice から成り立っており、pre- とはむろん「先の・前の」という意味で、prepare, prepay, preposition, premedical などとつながりがあるわけで、-judice はおそらく judical（裁判の）や、その親類の judicature（司法）などとつながるものであろうし、さらにここで「裁判」と云うと、judge を思い出す。そこであの語とこの語は……と見積って調べてみると、judge は ju と dge に分けられ、ju はラテン語の jus（law の意味）から、dge は同じくラテン語の dicere（see の意味）から来ているのであるし、-judice も ju- と -dice で、judge の場合とちっとも変わりはない。むしろ -dice は dicere によりそっくり似た形であることに気がつく。つまり、law を see する――法律に照らしてみる、すなわち「裁判する」ということである。従って、prejudice は「先に裁判する」ということであり、そこから「人を先にこうだと決めつける」の意味となり、「先入観」となるのである。

このようにしてみてくると、ある単語から非常に多くの単語が発生しているということは容易に推測出来るわけで、つきつめてみると、全部の英単語はあんがい一〇〇ぐらいの単語に凝縮出来るかもしれない。それが私のライフワークであるわけで、趣味となさんところである。

＊

一九二四年は世界史的にみると、第一次大戦後の新気運が外的に各国であらわれている年である。まず新興のソ連では、ソビエト社会主義共和国連邦の新憲法が発布されており、またレーニンが死んだのもこの年である。英国ではマクドナルドが労働党内閣を組織した画期的な年である（それは五年後の一九二九年に実現している）。また、フランスではルール出兵失敗後、この年に左派連合内閣が成立しており、これまた画期的な事柄である。そして、中国では孫文が国共合作を行い、①連ソ、②容共、③農工扶助、④打倒軍閥、⑤打倒帝国主義のスローガンで大いに気迫をもった年である（残念ながら孫文は翌年死んだ）。日本では、この年に、つまり大正十三年に第二次護憲運動がおこっているし、トルコは改革の途上ではあるが、この年にカリフ制を廃し、回教暦を太陽暦に変えている。一九二四年――この年は思うに世界近代史の一転期だと思う。

教育のあり方について

教育のあり方については諸説あると思うが、私は教育の理想とは「良心教育」であると信ずる。元来、人間には良心があり、これがすべての理性的精神の源泉であるわけで、これに従って生きうる人が真のあるべき人間像だと思う。けれども良心とはあるだけでは意義を有さず、これを大いに生活それ自体に働きかけ、かつ、みがいてゆかねばなるまい。

真に理性的たらむとするならば、良心をむしばむ虚利や偏見を捨てるべきである。しかるに、意志薄弱な人の子はどのようにしてこの命題を全うすることが出来ようか。良心はいわば内に光を含んだ玉である。いたずらにみがきすぎては傷がつくし、玉はみがかないと光無しである。ここに「良心教育」の課題がある。

世には、むやみに純粋たらむとして「虚無」を教え、或は過激に行動に走らせたり、或は世を厭わしむる教育がある。しかし、彼らのその教育方針に私は非常疑惑の眼をむける。彼らは社会に反駁するの感情で己を見失っているのではなかろうか。理性的たらむとして、その実はたして自利を押え切っているだろうか。教育のあり方は、人間に考えられぬ「絶対」を教え込むのではなく、「良心」に息吹きを与えさせてやるものでなければならない。教育のあり方は非人間性を提示し云々するのではなく、人間性を極めるものでなくてはならないと思う。

＊

最近は漱石ばやりである。なかなかいい傾向だと思うが、人によっては先生をちと誤解しとる。と、いっちゃなんだが、漱石氏はなるほどあまりアクのない文章の人で、「文学は漱石にはじまる」なんていわれているが、実は氏ほど深みのある人間性を追求した人も珍しく、初心者にわかるのははなはだ失礼ながら三、四作ではなかろうかと思われるほどである。

漱石氏の文章は筋の面白さよりもむしろ――ナントいうか――つまり、全体のムードの問題である。もっとも「坊ちゃん」は筋の面白さも重要な比重をしめているが、氏の後期の作などは全く気持ちの問題である。ところでこの「気持ち」というのは、要するに読者の精神水準に帰するべきもので、私はここに「文学は漱石にはじまり、漱石におわる」とあえて言いたい。この点が大切なわけで、漱石氏は決してただ単に愉快で、ユーモラスでというだけの作品を創作した方ではないということだ。

救ひ

こんなにも人の心が散ってしまった今、心のふる里を呼びさまさせる爽やかさはなんと貴重なものだろう。自然の命は力であって、力はつまり心の源。かのアリストテレスの前世へのフィロス ―― 紺色の海、雲一つない青い空・緑の草いきれ、そして広さ、明るさ、美しさ ―― それらは永遠でなくともいい、否、永遠にひたってはいけない。泡から出たアフロディテの様に再び戻ってゆくことだ。ユートピアでもなく、桃源郷でもないことだ。それらは断絶だけれども、そうであってはならない。清らかな輝きは星きらめきのように心の深い、奥深い処で何千年何萬年と萌えつづけて欲しい。

あの「何もかも散っちゃってるよ」と、たったこれだけのものいいが、私の心の中で呪いとなった。投げやりで、そのくせ哀願するようで、虚無的で逃避的。なぜ散ったのだろうか。なぜ散らねばならぬのか。人は今確かにかかれている。何故人は憎み合い、殺し合っているのだろうか。心を鬼にしなければならぬのか。それは人に死があるからなのか。人生のドラマに幕が下りるとき、死神はブーンという不気味な音をたてて近づいて来て、一瞬にして無に変えてしまう。戦きも怖れも許さぬ神の勝利。死は美しいものか ―― とんでもない！　死をおそれてはならず、死にすがってもならぬ。ホラ、そうしているうちに最も忌わしいものがせまっている。生命に触れ、太陽に向かって叫ぶことだ。そして涙を流すな。流してもむだだ。そこに救ひは待っているのだ。

＊

ぬばたまの夜の窓辺を吾が城と
充てる疲れに一人ほほえむ

＊

早稲田へ警官隊が入る。次々に予感が現実となっている。そもそも学生に大学の経営を云々する権利はないのだ。また、学校側も国会にまでもち込まなくてもよさそうなものだ。

ある共闘派の学生は、値上げ自体「悪」であるといっていたが、とんでもないことだ。おそらく彼は経済の「ケ」の字も知らぬ男であろう。値上げは成程好ましくないものには違いないが、これは社会的現象であり、しかたないのであり、一人経済に逆流したって甲斐ないことだ。また暴力をふるうのは、いかなる場合にも許されない。思慮に欠けている。なぜもっと根本的に賢明な手段を用いないのだろうか。

＊

現代社会には精神的な高い目標にすべきものが欠けているため、人の心は芯の抜けた様な状態になっていて、人間一般がずるくなっており、真を真とする判断が出来ない程、人の心は疲れているのだ。

＊

勉強が思う具合にいかぬので、塚本康彦さんの「受験番号五一一一」をひろい読みしてみる。今まで何度読んだか知れない。内容的にはヰタ・セクスアリスであるが、実に純粋だと心温まる思いがする。結局は作者も例のM・Cなる人と結婚しなかったわけで、人の人生なんてわからないものだと思うと同じに、若いころにいかにいちずなものであろうと、つまりははかなく消えさってしまう一種のあきらめのようなものを感じないではいられない。

人生はわからないものだ。私の場合でも、一年前は東京外語大を受けるつもりだった。そしてあくなき教授への夢をえがいていたのだ。外来語も出るというので、チョコレートやココア（「コウコウ」と発音するのが正しい）や、それにShakespeareなども覚えた。とにかく入試に関係なく、英語のいろんなことを知っておきたかった。「軽視」のfloccinaucinihilipilificationも馬鹿みたいに頭に入れた。そうしてこのころから語源にこり出したのだ。けれども今でもそのおもしろさはすてがたい。

たとえば、仮りに一日を考えてみるとしよう——朝起きて顔を洗い、歯ブラシを手にするが、この「ブラシ」は旧フランス語で「茂み」の意味から来たものであり、現在の英語でも「ブラシ」には「茂み」という意味がある。食卓につくにしても、この「テーブル」はラテン語の「板」から来たものだ。学校に行くときの「バス」は「オムニバス（乗合自動車）」のつづまったもので、この「オムニバス」というのはラテン語で「みんなのため」という意味。映画にもオムニバス形式というのがあるが、これもそういうところから来ているのだ。つまり一つの映画フィルムにいくつも別の話が乗合っているわけだ。ついた「学校」はギリシャ語から。「学者」の「スコラ」もここから来ている。「教科書」の「テクストブック」はラテン語の「識る」と旧フランス語の連語で、textureやtextileもどうやら同系列らしい。「友達・仲間」の「カムパニー」は、「供に」というラテン語と「パン（つまり食糧のこと）」というラテン語の連合で、日本語でいう「同じ釜の飯を喰った仲」ということだ。この「供に」のcom-はcombineの場合にも適用されて、-bineは「二つずつ」のことだから、combineとは二つのものを一緒にするというわけである。bi-（2）がbineに変形しているのであり、bicycleは容易に類推できる。

学校には試験がつきもので、「イグザミネィション」とはラテン語で「量をはかる」からきていて、ついでに「テスト」もいっておくと、これは「立証する」ということから来たらしい。これもラテン語である。学校がひけてから夕食をとるが、この「サパー」とは旧フランス語の「吸う・すする」から出ていて、英語にも「サップ（吸う・すする）」というのがある。夕食どきに観る「テレビジョン」は「遠」の意味のギリシャ語と「見る」のラテン語の連語。また同じく遠くのものをみるにしても「望遠鏡」はあとの「見る」がラテン語からではなく、ギリシャ語から出たもの。テレビばかりみていないで勉強をはじめるが、この「スタディ」もギリシャ語から。学問に関しての言葉は多くギリシャ語からきている。夜空に輝く「星」は「アストラム」からで、「天文学」は「アストロノミー」といい、災難は「ディザスター」だが、これは「星に見放される」ということで、当時の占星学もおしはかることが出来よう。

現代日本文化の課題について

ギリシャ文化は中華思想での堯・舜・禹に匹敵しよう。あの気候の温和な地中海のコバルトブルーを背景として、太陽の熱にあたためられて生じた理想像にも似た概念を、近代文化人はギリシャの古代によせている。それは日本に於ける『古事記』の人間美豊かな神々の物語に向けられる懐かしさとほぼ同じ観念であろう。けれども、中国や日本の古代への憧憬と西洋（主としてギリシャやローマの文化）のそれとは本質的に異なっている。即ち、東洋のものは、上に君主を戴くことである。そしてこれが東洋と西洋の文化それ自体の相違とも結びつく。

和辻氏はこれを風土に関して論じておられるが、私はむしろ歴史的要因（その中には風土の考え方と重なるところもあるが）に帰するところであろうと思う。ヨーロッパにはあまりにも民族が多すぎた。この民族の興亡のうちに人心の内部には生を肯定する精神が培われていたのである。生存競争に勝つためには、相手を合理的に滅ぼさねばならなかった。民族は一つの単位として他民族と敵対していた。しかるに、日本に於ては民族といえば、原日本人のみである。そして闘争は同民族間で行なわれていたのである。人はその争いのなかに、無常の諦念をおぼえ、西洋の生に対する執拗さは、ここでは死にむけられたのである。

民族が一筋であると、人は個人の死を考えざるを得ない結果に追い込まれる。これは東西を問わずに言えることらしい。古代エジプトは死の文明である。紀元前五二五年にペルシャに滅ぼされるまで一、二回しか異民族の侵入を受けていないのである。逆に民族が興亡すれば、当然同民族間は固く結合することになる。ユダヤ人の執拗さは驚威である。同民族間の闘争は結合という事を度外視せねばならず、常に成員は無力な一個人であって、今日的にいうインテリ（識者階級）は自己を守るべく、抽象的なささえを求めた。そして、それは往々虚無に走ったのである。

従って、死の文化は個人的観点からいうと、生の文化よりずっと内的であり、進化したものであるが、その一面、生の文化の建設的・合理的なものにくらべて、あまりにも観念的で逃避的である。現在の日本文化は劣っている。西洋文化を十分摂取していないばかりか、独自の文化（伝統的文化）を次々と破壊しつつある。しだいにゼロに近づきつつある。文化の色あいというべきものがなくなりつつあるのは寂しい事だ。だが、今こそ別の見方からすると、この時期にこそ西洋の模倣をやめて従来の経験を生かしつつ、真に建設的な文化を創りあげるよう努力すべきではないのか。

＊

理性と感性の融合――これが真の人間像だ。

＊

英通から返送があった。全教科をやる時間がなかったため、英語だけしか出していなかったが、何と五四位だ！　四等から五等であった。82点。「今回で僕は英通おわりです。今までいろいろお世話になりました」と書いてやったら、「最後までがんばって下さい」と書いてある。合格可能率は九〇％。バックルか鉛筆一ダースもらえるが、鉛筆は以前にもらったことがあるので、「バックル」と書いて出す。

＊

朝、つれづれなるままに本屋へ出向く。変化のない本ばかりだ。最近は「人間もの」の流行らしく、「人間の建設」「人間革命」などと、いろいろならんでいるが、まだ「悪徳の栄え」のような、あまりよろしくない本も出ている。ベトナムに関しての書物も見慣れた感じ。話のネタ本は相変わらず多い。その他、悪書の氾濫だ。かといって、今は「文学入門」「現代作家論」のようなものは読みたくない。結局、あんまりパッとしない本を買ってしまった。家に帰る。読む。くだらないと思ってほおり投げる。映画もみる気しない。俗な本もつまらない。論陣をはった本はかたくるしい。ただむしょうに和辻の「風土」を読みたい。私の頭の中は今たがのゆるんだように、漠とした不安に充ちている。近ごろ評論はあまり建設的でないと思い出した。隅の方で「現状打破」という文字がちらつく。私の個人の人間革命が必要だ。

＊

今日は朝、英単語をやり、昼、谷崎源氏「桐壺」を読み、「小林秀雄対話集」をみる。夕方、北原君来たる。北原君は近頃よく来る。親友である。親友といえば、松井君はどうしているだろう。夜はまた英単語をやって、九時から「危機一髪シリーズ」をみる。テレビには「危機一発」となっている。ひどい間違いだ。ハニーにはアン・フランシスがふんしているが、あまり外国の俳優は知らない。むしろ全然と言った方がいいかもしれぬ。夕刊をみる。映画のビラが出て来た。「地球のあばた」―― これでも観に行くか。「世界美術」は「先史」を読もうと思って開いてみたが、どうもしちめんどうくさい。やめた。父は時代別の全集よりも人物中心のものがよいと主張する。絵といえば先月、北斎の富嶽三六景の全四六格がほぼ手に入った。全く奇麗だ。ゴッホの「アルルの女」の三角形も北斎の影響ではないかと思ってみたりする。

＊

「日本の回復」を買って読んだ。
佐藤首相が沖縄に関して重大発言をした。
書きたい事は山とあるが、今は伏せねばならない。

＊

国士舘の独断専行型学長とその制度、眼にあまる。
「モックジョーヤ（城谷默）随筆集」購入、なかなか面白い。

＊

教育の過程に関しては、東京の教育戦争が最も野卑である。ドイツではどこそこ大学卒というのは、さほど重要ではない。自分の最も聞きたい人の講義を聞き、自在に自己の適性をのばしている。資格試験がむつかしい。実力絶対主義にかなり近づいている。ドイツばかりではなく、アメリカにおいてもそうで、かつて日本が真似たアメリカの教育制度の欠点は今やほとんど失せつつある。しかるに日本は極めて陳腐な一本のエスカレイションを保持させていて、まるで小学校は正法、中学校は像法、高等学校は末法、そして大学は極楽といわんばかりである。そのかわり教育の質は実に高等である。窒素を含む特殊液体から生物が出来たというオパーリンの説は通用しそうとない程、いろんな学問をおさめているのである。けれども反面、この高等な学問をほとんど吸収出来ず、そのため非行化する青少年はいか程いるであろうか。しかも、世人はその原因すらも顧る事をせず、単に非行事件そのものに憤りをぶちまけている。

日本の教育のエスカレーションは全く馬鹿〳〵しい。二十世紀のこの時代にあくまで旧い制度で無理をしている日本人は抱腹絶倒の様相を呈している。その最も典型的なものが東京のあの泥沼戦であるのだ。

＊

映画「地球のあばた」をみる。世界のさまざまの問題をかかえた、そしてそれらの多くはほとんど解決する道のない永遠の苦しみである。貧困と富、自由主義圏と社会主義圏の血なまぐさい対立、売春、いかがわしいショー、非行、その他地球に存在してはならぬ悪をみせつけられた。このままにしておいていいのだろうか。

不幸を土台にしてたっている、まさに「あばた」たる悪。異常な精神構造、罪。

正義は有史以来脆弱なものだった。そして今日もそうだ。ぶ厚い組織に敗北したか弱き人間は退廃した世界、奈落の底に落ちてゆき、そして悪に脚をひきずられて滅んでいった。非生産的な享楽、興奮の背後には必ず太い社会悪は存在する。たのみもしないのに自分たちで滅んでいく。空しい富も何になろうか。自己の利益のみをうず高く積んでいく過程には、刻一刻とせまる世界滅亡の恐怖が存すのか。私にはあまりにも刺激の強い現実だ。時間が解決してくれるとよい。

人間と動物の相違について

社会が本来の社会の姿を示さなくなったと考えられる今日、何故そうなったかを熟慮してみる必要が有るだろう。人間の社会は元来蜜蜂や蟻のそれよりもより高等で文化的でなくてはならぬはずである。蜜蜂の社会は実に単純であり、雄蜂と働き蜂と女王蜂のいとも簡単な分業によって成立している。女王蜂は唾液中のロイヤルゼリーで以てせっせと卵を生み、働き蜂は不平一つこぼさずに死ぬまで働きつづける。それに反して、巨大な頭脳を持っている人間は、時として畜生にも劣ることをやらかしている。どういうわけだろう。知力はより神に近づき、精神構造はより動物に近づきつつある。いったい、人間と動物はどう違うのだろう。

今まで、人間には考える能力があるといわれて来た。知力を有するといわれて来た。動物は数学の方程式も解き得ないし、英文も読み得ない。成程そうだ。だが、私はこれを少し疑問に思うのである。そもそも数学の方程式にしても不断の努力の結果解けるようになってくるもので、中世の人間はあるいは出来なかったかもしれない。それを今日ここまでコツコツと学んで来たのである。しかし、程度の差こそあれ、これは犬が「お手」を出来るようになるにいたるパブロフの見出した生物学的「学習」と根本的原理は同じではあるまいか。ただ、その能力が巨視的にながめると、人間の方が少しばかりまさっているにすぎない。

また、猿にも言葉のあることが最近、京都大学の某教授の研究によって判明した。人間が紙に書く文字というものも一記号にほかならず、これも本質的に人間と動物とを区別する手だてとはならないだろう。従って、人間には動物と異なり、知力が備わって居るということはあまり信用出来ない。猿には猿の文化があり、犬には犬の文化があるかもしれない。

そこでたちかえって考えてみた。人間には理性と本能がある。そして、本能は動物にもある。しかし、理性は人間にのみある。理性とは何だろう。知力よりももっと内的なもの。人間が放棄すると動物と変わらなくなるもの。そして、その中に知力をも含むものとは。私はこれを次の様に定義した——「知性に基づき良心的に自己を調節することの出来る能力」この能力を持つものが真の人間であり、それこそ動物との根本的な相違点だと思うのである。つまりは克己心である。今日ではこれが欠けている。

＊

「私の源氏物語」「東は東・西は西」「外来語典」購入。

＊

源氏物語のテーマが何であるか、そんな事は未だ経験の未熟な私にとって不明であり、また今頃からそんな事のわかる聖人でもないまだけき私である。しかし、一応のことは言えると思う。まず、主人公源氏をめぐる多くの女性に眼をつけよう。一寸あげても、藤壺、紫の上、明石の上、葵の上、空蝉、六条の御息所等々である。

これらの女性達は源氏の奔放なつまみ喰いの遺産である。中には明らかに若気の誤ちたるものが数多い。藤壺は別格として、軒端の荻と源氏の関係は、ひとえに彼自身の「奔放さ」につきる。一度みそめたが最後、目的を達しようと必死である。むこうにしてみれば、源氏に言い寄られてこれを拒否することは名おれである。しかたなく（?）源氏のマイペースにはまり込んでいくわけであろう。全く罪な男だ。けれども、藤壺と源氏というのは、こういう一筋縄ではいかぬものがある。若紫に対する源氏の気持ちは、いわば一種の代償である。替え玉である。これは薫君の浮舟に対する想ひという「くり返し」で表されている。この「くり返し」ということは作者がよくつかっているものだが、ここでは割愛する。源氏はどこにいても、そしていつでも藤壺への潜在意識がある。

最近、三浦綾子の「氷点」というのが流行っていて、TVにも映画にもなっている。小説のテーマは「キリスト教的原罪意識」という気のきいたものだが、すでに源氏物語にその一端があるといってよかろう。とにかく源氏は嫉妬・競争心以下、ありとあらゆる問題を含んでいて、まさに人間の文学というべきものであるが、かえってそのテーマを把握するのが困難であろうと感ぜられる。また作者紫式部の書き方に不自然なところも感じられないではない。かといって、その価値がおちるような文学作品ではなく、すべての人間性の微妙なニュアンスを巧みに表している作品である。その故に、私にはまだまだ前途ほど遠い源氏物語である。

私がかりに「源氏をめぐる家の対立と感情のもつれ」をその主題と仮定しても、該当しないこと・不合理なものは未だずいぶんあるし、簡単にかたずけられぬところに困難さが存するわけである。

閑話休題、どう考えてもあの「源氏名」という奴が気にくわん。「あちきの名は松風でありんす——」とか何とか抜かしておる。また修学旅行のときも確か部屋の名を「明石」だとか「浮舟」だとかつけていた旅館があったのをおもい出す。ろくに源氏物語の内容もしらぬのに、その高貴さだけをかっさらって来て、自己の格をあげようというのは日本人の風上にもおけぬ。日本人はろくに自国の文化を知らぬくせに、「だめだく〳〵」といたぶる悪い癖がある。近ごろの若いガイド（観光バスガイドではなく、通訳のこと）は欧米の旅行者から嫌われだしたときく。それは若いガイドが日本をまだよく知らぬくせして、ガイドするからおこることなのだそうだ。刺身のツマを食べてはならぬといったガイドがいるとは、まさに抱腹絶倒である。

＊

のんびりと土に飛び交ふ鳶のかげ

＊

「中国后妃伝」購入。どうも妃が多いなあとおもっていると、多いはずである。正式に七階級がいるのだから。皇后・貴妃・淑妃・徳妃・賢妃・嬪妃・しょうよである。

四月十二日

ゲーテの格言の中から三つ――。

「仕事の圧迫は心にとってきわめてありがたいものだ。その重荷から解放されると心は一段と自由に遊び生活を楽しむ。仕事をせずにのんびりしている人間ほどみじめなものはない。そんな人はどんなに美しい天分をもいとわしく感じる」

「卑怯な考えの、びくびくした動揺、女々しいしりごみ、小心な嘆き。そんなものは不幸を防ぎもせず、お前を自由にもしない。あらゆる暴力に逆らって自由を守り、決して屈せず力づよく振るまえば神々の腕を呼びよせる」

「気分がどうのこうのと言ってなんになりますか。ぐずくずしている人間に気分なんかわきゃしません。……。きょうできないようなら、あすもだめです。一日だってむだに過ごしてはいけません」

ああ、ゲーテの言は何と私の胸をえぐることか！　今日は父が熱をだし三八度五分あったので休診。ココアの入れ方を開眼。午後は学生服を買いに母とデパートにいく。バスの中で美女が二人いた。一人は年のころ二二、三でクリーム色のツーピース。どうもOLらしい。もう一人は一九ぐらいの知的なふっくらした女性。自分がみじめに感じられた一瞬だ。人間性崩壊の時期とはこういうことだろう。詩をつくった。

人はひとり　いつもそしていつまでも
かなしいもの
人生とはこんなもの
サボテンのとげのようなもの
さびしくむなしいうつろな世界に
星は輝いても私は一人
涙もかれて……

四月十三日

健康のために縄とびの縄を買ってきた。なかなかよろしい。昔はよくとべたが、今はあまりとべない。血のめぐりは確かによくなるようだ。

ある知人からチェサーの〝Successful Living〟を戴いた。しかし、どうも読む気になれない。最近買ったものは、としらべてみると、かなりある。──「小林秀雄対話集」「外来語典」「中国后伝」「日本の回復」「東は東・西は西」「モックジョーヤ随筆集」〝Laugh and Learn〟「現代俳句」「私の源氏物語」。予定としてはこれに「アンネの日記」があったのだが、もう買う気がしなくなった。「それから」の代助の気持ちもよくわかる。来年大学に入ったら、ひとつ徹底的に漱石を研究してみよう。「思出の記」も素晴しい。

四月二十四日

心は重くとも体はだるくとも、自己の立場をよく考え、家族のことを思って、一分でも長く一度も挫けずに強く学び、そして清くありたい。

五月五日

ああ気がむしゃくしゃする。「受験の数学」はなかなかよろしい。今日で連休はおしまい。これからももっと辛いことが続くだろうが、それを克服せねば男じゃない。父が明日帰ってくる。不断は友達みたいな父も大いに隔絶された崇高なものにみえる。阿修羅像？　日光菩薩？　まさかね。

五月十九日

最近、釈迦の説いた中庸の教えがわかってきだした。そして人間釈迦の色彩が濃くなってくる。今日の国語の漱石についての講義は実によかった。私は「それから」を三回読んだが、まだ漱石についてはある段階までしかあきらかに出来ぬ。先日、受数の「一日一題」の問題をつくって投稿した。さて採用されるだろうか？　三省堂から図書目録を送ってきた。

五月二十日

暗雲空をおおい、風は飄飄としてとどまる処を知らず。されど我が心、勉強の遅々たるをやめど、学問の域、自ら胸中にせまりて常に充つ。

五月二十一日

生きるとは、死ぬまでの生とみつけたり（あたりまえだが）。人生には楽しいことはほとんど無いだろう。また楽しいことをひたすらに望むことは、ある点で愚かなことかもしれない。自己の死・両親の死・朋友の死・知人の死・人の死――そういう死は実にかなしいものである。そして「貧困」や「苦渋」や「不運」という言葉――そういう言葉が言葉として存在する限り、そのようなあらゆる悩み・悲しみの現象はこの世に根強く残るであろう。人のつくった自動車で、人が殺される。自動車が人のつくったものだからである。この世は悲しみの底なし沼である。

しかし我々はあくまで生を肯定せねばならぬ宿命を荷っている。悲しいことに、辛いことに対処していく力をいやが上でも持っていなければならない。その力はユーモアであり、希望である。つまり生命力である。どうにもならない現実に沈潜するよりも、楽天的努力をつづけるべきである。笑いとばす力を持たねばならない。これはごまかしではなく、人生体験の哲理である。

我々はこの一生にはたしてどれほどのことが出来るだろうか。オールマイティを仮に海にたとえるとしたら、人の能力は蟻の触角にもみたぬであろう。しかし、たといその努力が微々たるものであり、星をとるために物干しに上る程度のものであろうと、自分の出来るかぎりのことをすべきではなかろうか。人によっては、人生は苦痛以外の何ものでもないかもしれない。悲しみを荷うために生まれ出たように感じられる人もいるにちがいない。しかし人生は死ぬまでの大いなる期間である。アモルファティである。

山椒太夫によせて（五月二十五日）

悲しげにかすめる安寿の白き月
　いみじ涙のせいならなくに

六月二十一日

ケンちゃん四国より帰る。お土産をもらった。帰りのバスで美女ありけり。診察室外来はあまり暑いので今日から冷房を入れたそうだ。夕方またバスに乗る。またまた絶世の美女が居た。今度は先刻の女性よりもずっと美しい。彼女にじっとみつめられると私は眼のおき場にこまって、つい窓から見い出す。全く非のうちどころがなかった。年のころは二十歳頃。そのうるんだ瞳や白い顔や風に少し乱された黒髪は、心を大きくゆり動かす。紺のツーピースにつつんだ体は私を吸い込むようだった。私はバスから降りると「邪念だ！邪念だ！」と心の中で叫びながら、無茶苦茶に歩いた。しかし彼女の面影は私につきまとう。呪われた私だ。この心境を即興詩に託す——。

牡丹とまがふ佳き人の
　阿艶なる髪の　かぐわしさ
かりそめに過ぐ幻に
　ゆかしさつのる　やみの月

まさに妖姿媚態綽としてよけん有りというところ。最後で「病みつき」を掛けたところがミソ。

六月二十二日

昨日の美女のことをケンちゃんに話したら、アレびっくり、彼も四月頃にバスの中で眉目秀麗な（これは主として男につかう表現だが）かの美女らしき人をみたそうだ。私の場合と何から何までピッタリ同じで、降りた停留所の場所も一致した。誰がみても美人は美人。今はまるで太陽がおこり病にかかったごとく暑く、私は初シャワーにかかった。

初シャワーかかりおえるや汗にじみ

七月三日

二十世紀代表作家選をやっていると、トマス・ハーディのひどく難解な文章があった。

To recline on a stump of thorn in the central valley of Egdon, between afternoon and night, as now, where the eye could reach nothing of the world outside the summits and shoulders of heathland which filled the whole circumference of its glance, and to know that everything around and underneath had been from prehistoric times as unaltered as the stars overhead, gave ballast to the mind adrift on change, and ……云々。

と実に長ったらしい。これでひとつ詩をつくってみた——。

エグドンの谷のもと

切り株に　たたずめり　ひねもすや
　エグドンの　谷のもと
頂きに　茂げるめり　それのみや
　ヒース木の　谷のもと
そのかみに　変わるやは　かの谷は
　仰天の　星のごと
心には　重きかな　かの谷は
　うつせみの　心には

＊

考えるということはよいものである。いにしへの哲人達は考えてきたし、今後も人間はずっと考えることだろう。それは人生の原動力であり、個人の満足感である。ニーチェのように、あるいは芥川のように考えて死ぬことは、人間として本懐であるはずである。または武者小路のように考えることも、肯定的でまたそれなりの価値を有している。

いずれにしても、人間のあらゆる行為は考えというものを基準にすべきであり、すべての行為はまず欲求から発し、そして欲求におわる。もし行為の源を考えるならば、考えることは欲求することになる。しかし我々が「考える」と呼んでいるものは、いわゆる総括的な意味での欲求とはほぼ趣を異にし、どうしても欲求という言葉をつかうとするなら、むしろ精神的欲求と換言すべきだろう。

まず第一に人は文化ということについて考える。カルチャーとは何か。また人は神の是非を考える。ニーチェは神の死を宣した。ダーウィンは教義を否定した。そして我々は半信半疑に神を心に抱いている。また社会悪について考える。我々は今日多くの考えるべき問題をかかえている。そして一つ一つこれらを解決してゆかねばならない。我々がもしその一つを解決したとしても、まだ次の問題がのこっている。しかし、これでよいのである。今日の思想家達――まず小林秀雄氏がいる。田中美知太郎氏がいる。福田恒存氏が居る。唐木順三氏が居る。両中村氏が居る。彼らは考えることに生きがいを感じている。そして真理にむかって着実な努力をつづけることをおしまない。

私は今青年である。経験の乏しい青年である。しかし私はこれら先人の道をきずいてくれた道程をとぼとぼとでも歩いてみるつもりである。

紅衛兵事件を論ず

現在、中国を混乱に追い込んでいるものに、紅衛兵の革命騒動がある。真相はあまり知らないが、毛沢東（Mao Tse-tung）の扇動だと聞く。そしてこの革命騒ぎは、いわゆるハイティーン連中が口角に泡を飛ばして資本主義を罵倒し、中国共産党を狂信的に掲げて、およそおかど違いの大商人の店などを毀し、利潤の獲得を最大の罪だと決めつけて、今や全く手のつかぬ様相を呈しているそうだ。もしカルビンが生きていたら、おそらく殺されるところだろう。

私はこの中国の混乱をみて、ある言葉を思い出した。即ち「烏合の衆」である。また私は先年のコンゴの動乱を思い出したのである。両者に共通していえることは、非文明国の民衆運動は激烈であるということだ。

世界史的にみても、一八五一〜六四年の太平天国の乱、一八五七〜五八年のセポイの反乱等である。もっとも中国にはいまやハエは一匹も居ないらしいし、重工業もなかなか発達してきているから、「非文明国」などというとしかられるかもしれない。ただちに訂正しよう。

さて、中国をはなれた日本からみてみると、どうしてもこの文化大革命は、Mao Tse-tung が民衆を利用して、いわばあの一九三三年のヒットラーのように、中国での自身の位置を占めむがために起こさせているもののようにみえる。むろん彼らにも感ずるところあってのことかもしれぬが、どうもこう狂人的になってくると頂けない。私はこの機に、より一般的にこれを論じようと思う。元来、人間というものはひとつの理論を身につけると、ひどく偉くなったように感じ、これをやたらに使用する悪い癖がある。丁度知恵のついてきた赤ん坊が「ママ」という言葉をおぼえると、樹をみても「ママ」、風船をみても「ママ」というように、人はこの「崇高なる」理論をすべての事象に無理やりに適応させようとする。そして、一筋縄でいかぬときは、その不合理をするどく責める。最近読んだ「日本の回復」という本の中で次のようなことが書いてあった――。

現在の青少年は、少年向きのテレビドラマにもみられるように、困っている友人にお金をやりたいといって、親から分相応の友情を説得され、「お父さんは人類愛がない！」と言って、くってかかる傾向がある。つまり「人類愛」というような極めて高い次元で語るべき言葉を、自分たちの低次の弁明用・護身用に使う技術を身につけている。……と。

百人一首にある「おほけなく浮世の民におほふかなわがたつそまにすみぞめのそで」というような謙虚さ

が必要であろう。我々はもっと自分たちの行動や発言に対して慎重であるべきだろう。ある信念を抱いてつきすすむことも偉大だが、窮しても我を通そうとすることはいけない。巨象の脚にさわり、象一般を大樹のごときもの也と思ったり、その大きな鼻にさわり蛇のごときもの也と思ったりした群盲のようにならぬよう、心すべきだろう。

井上靖の「夏草冬涛」

私は現代作家の作品というものを軽蔑している。それはまず彼らの作品が自ら湧き出た必然的なものではなく、しばしば売文を第一義とするところに発しているからでもあり、また彼らの評価というものが未だ不安定であるがために、すでに価値ある古典的作家のものを読んだ方が得策だと感ずるからでもある。菊池寛にいわせれば、後世に残る残らぬは問題外であるというが、あえて今日考えられるべき後世に残る作家といえば、谷崎潤一郎か、三島由紀夫か、まあそんなところだろう。頭をすぎていく名は実にいいかげんな現代作家たちであるのだ。

この井上靖は「天平の甍」というかなり価値高い作品をのこしている。氏の作品はだいたいにおいて独断にはしることを避けているようだ。忠実に史料に基づいたと思える氏の作品の中にあって、この「夏草冬涛」はいささか性格を異にしている。徳富蘆花の「思出の記」のごとき軽いタッチの自伝的小説に似ている。この小説を読んでいくにつれて、私にはある強い感情がおこってきた。私自身の中学校・高等学校時代への懐かしい思い出である。あわいさびしい昔の夢である。「思出の記」に感じられる明治型の立身出世の人間像ではなく、一個の平凡な男のヒューマニズムがみられる。私の身がわりである。子供の心理をすべて見透かしている作者の心に驚嘆の声を出さずにはいられない。学校で失策をしでかしたときの激しい自己嫌悪や、成績が上がったときのフワフワしたよろこび、下がったときの死にたいような気持ち、孤独を切に感じた日々——そういったさまざまな過ぎし日の哀感があとからくっついて出てくる。

本を読んでいるうちに、主人公とともに怒り、悲しみ、悩んでいた。そしてあるときは主人公の時期を経てきた同じ人間として彼のしぐさに思わずほほえんだりする。この小説は心理小説というよりも事件中心の叙事的なものだが、登場人物の性格はよく出ている。主人公洪作の無邪気さ、おばなる人のあの人のよさとのんびりさ、瀾子という少女の気の勝った気性、増田と小林のなんとなく頼りない気質。洪作が瀾子を友達二人にみせるときの情景もなかなかおもしろいし、成績が下がったときのカタストロヒィーもこれまたよくわかる。ヘッセ的なはかない悲しみや、川端康成の「伊豆の踊子」のふっとくる楽しいさわやかさと通ずるものがある。

私はこの小説のテーマはどうのこうのとはさして言いたくない。ただ人がこういう小説を読んで、清新な息吹きをすっていただきたいと思う。ささやかなレジスタンスや青春のもつ哀感は、そして独得の純粋性は、二度と味わうことの出来ない貴重なものである。あとになってみると、なるほど笑えてくるそれらかもしれない。しかし今一度、この小説を通してその当時の自分をふりかえって、現在の自己をみつめてみたらどうだろう。はたしてその当時夢みた「立派な人間」になっているだろうか。その当時、嫌悪した大人のエゴイズムを自分はやってはいないだろうか、とそういうことを間接的にでも感じる心をもってほしい。

＊

我々は数学で「無限」を習う。ある割合で増加する数字のかたまりが無限にふえていくとどうなるかというようなこと、あるいは無限に零に近づくとどうなるかというようなこと、あるいは間接的に積分等で無限の考え方を使うことを習う。我々はまるで無限をあやつる神のごとき存在である。

しかしその実、我々は無限そのものを真正面からは考えてはいないのである。Anを求めてリミットをとったりして、はなはだあやふやな無限への考察をなしている。つまり、ある段階までは現代までに築かれた立派な基礎を持った数学にもとづいて推論をおしすすめ、ある程度まで形が整ったところで、空想的ともいえる無限の考えをもち出してくるのである。しかし現代に於ては現代のわくの内に於ては、こういうやり方は正しいのであって、ちっとも非の打ちどころもなく、ごまかしもない。ただ人間の頭で大上段で無限に対してふりかざしてたち向かっているのではないということだ。数学だけではない。天然の科学に於てもそうである。芸術においてもそうである。ただ無限のポーズをしているのである。そして今はこの態度が大いにハバをきかせている。

自然科学に於ては立派な段階的論理を踏んでこの域まで達しているが、何らの絶対的基準のない芸術においては、無限ということ、つまり作者のいう普遍性、総括性は極めてあやふやである。だまされているようにもあるし、また作者の純粋性をみとめてやっていないようでもある。

最近、私はある本で精神病者の描いた絵をみた。その中で思わずドキリとしたのであった。ある一枚の絵は、まさにダリとタンギーの融合したようなそっくりの絵であったからだ。この精神病者の症状は、「孤独な精神を持った極めて他人とうちとけぬ患者」であった。その絵は赤と紺と黄を基調としていて、原始人（体質やしぐさは文明人であるが、タイガーパンツのような衣類から察すると原始人だ）が二人、とてもうちしずんだかっこうで、遠くに立ち並んでいる幽霊のようなビルディング（これは写真でみるニューヨークににている）をながめやっている。空は黒く、星が無数に輝いていて、虹が一すじかかっていた。二人の人間の顔は殊に青白く、傍では赤々とたき火（原始人特有の）が燃えている。

私はこれにこうテーマをつけた――。

「騒雑な文明の下でうちひしがれた孤独な近代人の、静かな原始社会への憧憬」

はたして抽象画におどらされているのは、痴呆性文明人であろうか。さらに今日の文学は気狂文学ではあるまいか。漱石や「志がらみ草紙」の鷗外のほうがずっと普遍的ではあるまいか。戦後文化と戦後文明は全く得るところがないのではないか。どうもそんな気がする。妄想臆断することなく、確かなものにもとづくのが正しい進み方ではないかと思う。

＊

現在の受験生の身にあって、いろいろと感ずることがあるが、現在のこの置かれた立場にあって最もつらく感じられることは、埋没を許されぬことである。浅く広くという教育のあり方は、うちとけ難く、しかも軽率なもののようで、あれもかじり、これもかじりという多角経営的な一般教養も時間がたつと……云々と思いをめぐらし、混沌とした心になる。ある英文にはこんなことが書いてあった。拙訳をつけてみよう――。

What, after all, are the objects of education? Knowledge? That is only one, and not the greatest. Look forward ten years. Most of the facts and dates so laboriously accumulated will have slipped away. Sooner or later, most of us find that our memories are sieves.

「つまるところ、教育の目的とは何であろうか。知識だろうか。それは唯一つのものにすぎず、それほど大切だというものではない。十年先をみてみるとよい。諸真実や年代という骨折ってつめこんだものは消え去って了っていることだろう。早晩、我々の大半の者は自己の記憶が篩になっているものと識るのである」

＊

身を世俗の塵に埋むと雖も、心なほ一人存す。

鷗外のあつかわれ方に対して

私の忘れていた人に鷗外がいる。忘れていたわけではないが、漱石のうしろにかくされていたのである。誠実な人である。漱石は特に若い人（老若男女を問わぬが）に好かれているが、鷗外はとかく敬遠されがちである。それは彼が高等な頭脳を容赦なく、いかんなく発揮する人であり、漱石の場合もむつかしい語句は出てくるけれど、漱石はその難しいものがユーモアにつながっている場合が多く、あまりめだたぬわけである。鷗外はその点、語法や表現にひどく気をつかい、その点はむしろ漱石山房の芥川に似ている。しかしむつかしいから読むのをよすというのでは実に情けないし、あわれである。

「蜻蛉日記」にしても、これがあまりに古典としてむつかしいために、とかくその内容すらも人の口にのぼらぬものである。いかに当時の女性が不安定な位置にあったか、それに較べて当時の上流貴族の子が蔭位の制等で生活を、否、人生すらも保障されていたか。いかに当時が嫉妬や憎悪の交りあった複雑な社会であったか。そしていかに人間性を無視したギラギラとした見栄に光った時代であったか。いかに藤原氏一族のために他氏が悲惨な目にあったか。（蜻蛉においては、一連の陰謀の一つである安和の変が語られている。）―― 等々のことを生々しく伝えてくれるのはこの「蜻蛉日記」である。

むつかしいから読まないというのはいけない。文体が親しみにくいという、ただそれだけのことで鷗外を敬遠するのなら、これ程氏を軽蔑することはなかろう。そんなものは読み易い童話や現代不道徳小説や週刊誌のみを読んでいたらよかろう。また、鷗外がまるで血のかよっていない人物であるかのごとく言う人がいるが、そういう人は「妄想」などを読んだことのない人だ。鷗外と漱石は平等に論ぜられるべきである。成程漱石は大きい。実に大きい。しかし鷗外もまた大きいのである。

＊

サルトル来日！　だが今は残念。

＊

Student's supremacy lies in enthusiasm for learning.（S. Watanabe）

父について

私は父を医師として、一個の慈愛に富んだ父親として、そして母のよき理解者として（実に母の気持ちをよく知っている）、かつ内的モラリティを抱いた社会人として、そして一人の人間として尊敬している。父の性格はむしろお人よしの範疇に属すであろう。けれども、かくも虚偽と俗悪の世の中にあって、あえて父の真価を高く認め、何よりも医師としての高潔な態度——医学を聖なる学問と身を以て示している生活態度に深く敬服する。父の発する何げない言葉の中には、何と貴重な人生観がこめられているだろうか。

私の父は大学教授でも何でもない。一介の開業医である。しかし人体実験を軍部から強要されて残酷で惨めな手術をぬけぬけとやり、罪もない当時の患者の血で手を染めた戦時の某大学教授と、元旦から二日間全く一睡もせず鼻血患者を実に一人で！（正月だから看護婦は一人も居なかった）看病してやり、「親父をいっそ殺して下さい」とたのんだ悲痛な家族をしかって、ついにはなおしてやった父の姿と、いったいどちらが崇高であろうか。

母について

頼んだことはちゃんとしていてくれる。かくしだてをしてもすぐに見破ってしまう。悲しいドラマや映画をみると、じきに泣いている。嬉しさをじっとしていることが出来ない。母はそんな女性である。

世間一般の娘や息子が母親を愛する以上に、私は母をどこまでも愛している。毎朝〳〵薄暗いうちから起きて弁当をつくってくれる母の姿は、実にやさしい美しさを持っている。もう数年昔のことになるが、うちの看護婦に森というのが居た。猫をかぶっていたのだろうが、ある晩、酒に酔った前夫と称する男がきて彼女を殴る、蹴るの目に合わせたそうだ。「そうだ」というのは、私はその途中で帰ってきたので事件の発端は知らないわけである。その看護婦の髪の毛は束になって散らばり、そうとう惨めなシーンだった。その時、母は一旦止めに入ってつきとばされ、父の制止で居間に入っていた。母はひどくオロオロして泣いていた。一人の人間がひどい目にあっているということで、自然と涙が湧きだしていたものとみえる。私は時々母の言うことに対して、激しい仕打ちを加えることがある。だがいつもそのあとで済まないと思い、にがい自己嫌悪をおぼえる。

*

「更級日記」の英訳（おそらく更級に関しては私がはじめてだろう）を始めた。何の作品でも冒頭がむつかしいが、更級のそれは有名である――。

「東路の道のはてよりも　なほ奥方に生ひ出でたる人　いかばかりかはあやしかりけむを　いかに思ひ始めけることにか　世の中に物語といふもののあんなるを　いかで見ばやと思ひつつ　つれづれなる昼間、宵居などに姉・継母などやうの人々のその物語　かの物語　光源氏のあるやうなど　ところどころ語るを聞くにいとど　ゆかしさまされど　わが思ふままに　そらにいかでか　おぼえ語らむ」

ここまでは暗記している。これをこうやってみた――。

There lived a senceless girl who had been brought up in the place deeper than Tokailine. I began to wish, I wonder why, to read what were called 'stories' in the world, and as I heard fragments of one story or other, or what Brilliant Genji had been, which were told in the free daytime and relax time at night by such women as my sister and mother-in-law, so more and more increased my desire, but who could ever memorize to tell me as I pleased?

ところで九月二九日は中秋の名月である。

*

自己の知性をのばしていくのが本の役割なら、疲れた精神をいやしてくれるのも本の効用だろう。いつまでもクヨクヨしていては進歩しない。進歩は心のしこりを除いてかかるべきである。過去は永遠にこの世にはない。あるとすれば人の心の晴れやかな、または陰鬱な傷跡として残っているだろう。人の心はショックをうけると自ずと本を求める――と思う。人はしらぬが、私の場合はそうである。

毎日のあきあきする仕事に疲れた人なら面白い冒険小説を、青春の悲しみを知る人なら明るい詩集を、人生の苦渋を感じる人なら大自然の愉快な物語を。本は我々を別の世界へつれてゆき、いやな過去を少しでも忘れさせる。そんな世界の中で自分の知らぬうちに、心のしこりはとれるだろう。本はカタルシスでなくてはならない。

＊

小林秀雄氏の文体はないと、従来私は勝手に考えていた。いちいちめんどうくさい形を止めて、本当に言いたいことをどんどん忘れないうちに書いていくといった感じだった。けれども、私は氏が読者に強く訴えるべきところでは読者の知らぬうちに、自ずと感銘を与えさせるような書き方をしていることに気がついた。例えば、「……無邪気な中原の奥さんは勝ったり負けたりする毎に、大声をあげて笑った。皆んなつられてよく笑った。今でも一番鮮やかに覚えているのは、この笑ひ声なのだが、思ひ出の中で笑ひ声が聞えると、私は笑ひを止める。すると彼の玄関脇にはみ出した凝灰岩の洞穴の緑が見える……」とか、「……ここにくるバスの中で湯ヶ島館で下ろしてくれとバスの車掌に頼み、彼女の顔をみながら、こいつ忘れそうな女だと思った。果して彼女は忘れて、僕がバスの窓から後をふり返り、遙かに湯ヶ島館という看板を見付けて大きな声で、止めろと怒鳴った。バスの中の客がびっくりした。……」。

そのつづきのところで「番頭が出て来て、何軽い軽いといふ、女中さんが提げ兼ねているのをドッコイショと彼女の肩に乗せて了った。重いだろう、少し持たうといふと、いいんです重かありません、と怒った様に言ふ。まるで悪漢に対して貞操を守るといふ様な表情をする。……」とか、「……翌日の夜、病院から病状険悪のむね電話があり、急いでいくと薄暗い玄関口を島木君のお母さんが女中さんに手をひかれて這入らうとしていた。女中さんは聲を上げて泣いていた。眼の悪いお母さんは、開いた方の手を泳ぐ様に烈しく動かしていた。僕はもうおしまいだと思った。上にあがってみると、彼はすでに荒い呼吸をしている肉体に過ぎなかった」。氏の文章の中に表れているユーモアとヒューマニティとペーソスこそが氏の文体であり、価値である。私はこれらの氏の文章の中から容易に氏の性格を読みとることが出来る。

＊

ストレスがどうの、きついのと言っているが、死を眼前にみて鬱々として生きている病人に較べると、全く贅沢にもほどがある。私もその一人であるが、実に済まない気がする。恥ずかしいと思う。健康というものが、人間生存の第一条件であると述べるのはむしろ贅言と思われる。

私は人生を悲劇のるつぼとは思わないし、思いたくもない。しかし父からまれに聞かされる今日の医学に残された課題は、私に強い執念と強迫感を抱かせる。そして同時に私が彼らにくらべて極めて恵まれた位置にあることを確認して、ほっと胸をなでおろし、かつ何かしら後ろめたさを覚えるのだ。

＊

私は中原中也のことは知らない。皆無だといってもいい足りぬ程である。だが中原中也の名前ぐらいは知っているといえそうだ。彼の技巧はかなり考えたところがみられるが、それほど上手ではないように思う。

しかし、彼のその詩に表されたものの中には、ある種の執拗なやり切れなさと暗さ、虚無的な眼がうずいているように思える。

人生の苦しみと悲しみでうちひしがれた彼の魂が、まるで故人の因縁ある形見のように詩にひそんでいて、それが声をあげずにいつまでも、いつまでも泣いているような、そういう感じを与える。つらい詩である。

＊

岡部伊都子の「美のうらみ」は悲しい随筆。

＊

明治は大いにほめられた。貶されもしたが、人間は生きていた。妙な元気で力んでいたにしても確かに生きていた。我々は明治の文学を安心して読んでいるし、明治型の人間は反対もあるが、我々のアイドルになっている。

しかし現代は全くほめられるべきものを持っていない。ほこるべき文化を持っていない。外国から人が来ると、我々日本人はまず京都・奈良の遺物をみせ、次に東京の雑踏と汚い空をみせて、日本人がチョンマゲを結っていないことを示して帰す。しかし、日本の代表的なものによって印象づけられる彼らは、ただ日本人が刀をさしていないのだと知り、他にとりえのない日本に失望して帰っていくのではあるまいか。

また、日本の大臣はよく赤坂で会合をひらく。しかし赤坂に国会議事堂や都庁はない。赤坂には妙にきどった芸者や酒や国民の取られた大金が落ちているのである。日本の文化生活と称するものは、二十年後にアメリカの今日と同程度になるという。そんなことを国民に言ってみては、ニンジンで馬車馬が動くだろうと政府は考えているらしい。しかし、現在の日本人の平均所得は世界で十六番目である。世界の国々を知ってるものから順に言ったとしても、とてもすらすらとは出て来ない。また、日本のほこるべきものは能や茶や古寺などであるが、これも生活には無縁のものである。金閣が焼かれたとき、人々は大いに憤り悲しんだことだろう。しかし、金閣が焼かれたからといって道路がガタガタになったりすることはない。

日本人の経済生活は大いに高まり、今日我々はあまり「舶来」ということばを口にしない。すべてが舶来だからだ。コーヒーにしても、歌にしても、自動車にしても。日本はまるで黄金の国のようにみえるらしい。思想が違うといって迫害させることもないし、氷を割って魚を取る必要もない。けれども、外国人のいう黄金の国に彼らを住まわせてみたらどうだろう。物価の上昇やむやみと多いくだらぬ人間をみて、眼をまわすことだろう。よく「アメリカがクシャミをすると日本は肺炎になる」という。今日我々がむさぼり楽しんでいるのは、丁度タコが己の脚をうまそうに喰っているに似ている。こんなものは文化でも文明でもない。

昭和の御代は未だかつてほめられたことがない。昭和二年の山東出兵から現在の佐藤内閣まで、常にジャーナリストと知識階級の批判の飯の種にされてきた。また、現在の青少年は恒なき努めを社会のためにうばわれているんだ、といっては家出をしたり、非行をしたりしている。驚く勿れ！　家出娘の約一五％は売春の経験ありという。それほど暴力団がはびこっているということであり、それほど馬鹿な人間が生きているということだ。もっとも国会議員の中に暴力団のボスはすこぶる多いし、毎回〳〵選挙で彼らを輩出しているわけである。日本はいつになったらほめられるのだろうか。

＊

最近の若い女性は確かに昔の因襲的な日本女性よりもはるかに健康的で美しく頭脳も向上したようだ。しかし、私にはそのかわりにやさしさを失った小生意気な娘が増えたように感じられてならない。そして同時に彼女らにしてみれば、昔の男性の方が立派にみえるかもしれない。確かに今の男は強い理想というものをもたない。大志は一つの男の特権であったし、女はつねにつつましやかでなくてはならなかった。そして、それが男としての希望でもあったのだ。

そして、今もその希望は変わっていないと思う。男の大志と女の優美こそは明治文学の一つの典型であり、今日我々が明治文学、即日本文学として読んでいるのは、はからずも我々の潜在意識をものがたっている事実だといえよう。

＊

日本人と西洋人の大きな違いを観ると、それは主として三つの観点から論ぜられる。即ち、宗教・地質・食物に帰せられる。日本人は本来宗教を持っていた（といっても中国から伝来したものであるが）。しかし、江戸時代、宗門改めがキリスト教徒弾圧のために行われると、寺社は直ちに本来の姿を失って、今や葬式と彼岸のときだけ思い出される対象となってしまった。

今日、日本人に思索的色彩があまりなく、また存在してもその歴史がはなはだ浅い状態であるのは、実に従来の宗教の冷却による。宗教心の冷却は、日本人の心を苛だたしいものにし、常に不安定な精神を抱いて、日一日と険悪になっていく世界のストレスにかろうじて生きのびているという、はなはだスピリチャルモラリティに欠ける人間を形成した。

また今日、日本人が粘りと執拗さを持たぬという事実は、いわゆる島国であったためとも考えられる。歴史的にみても邦土を除く世界のほとんどの国々に於て、異民族間の争いは絶えなかった。東南アジアを例にとってもシュリービジャヤ、チャンパ、リンユー等々数多くの国々が興亡をくり返している。しかるに、日本では争いはきまって同民族間でなされてきた。このおかげで、日本人はいわば小市民的なものになり、大陸的許容性は育たなかったのである。

また、日本人は米を主食として来て、何の味わいもない米に適当なおかずを付けることで腹を満たし、主としてあっさりした料理を好んで食べた。そのため微妙な味の感覚を有しており、これはそのまま趣向にも結びついて、いわば墨画的な好みを抱いている。もしも米が油気の多いものであったとしたら、もっと日本人の性格もかわっていただろう。かかる要因によって、日本人は恬淡とした、そして良くも悪しくも細かい神経を持った人種として今日にいたっているのであろう。

＊

サルトル来日中の折から、むしょうに彼の著書をひもといてみたいという気持ちである。だが、今の私の情熱は別にむけられるべきであり、一寸遺憾なことである。

＊

H・G・ウェルズは二十世紀の代表的な作家である。氏の「世界文化史」は素晴しいと思う。最近、全集ものがはやっていて、大いに書物の装丁もよくなり、結構なことであるが、中には禁ズ二少年ハ観ルコトヲ一流のアボミナブルな本すら素晴しい函入本として販売されている。もっとこの「世界文化史」のような健全な楽しさをもった書物を、世に立派な装丁で配本して戴きたいものだと切に感じる。

＊

「政治不信」という言葉をよく耳にする。森脇事件・吹原事件等は間接的であったが、小林章事件・政府の大臣達の脱税・荒船の更迭・農相の公私混同・国立公園の岩の代議士盗み出し事件、その他あげていたらきりがない。

国民の憤りは頂点にきている。新聞の投書欄には、即刻解散せよ!! というのもあれば、いや今解散してもらってはこまるというのがある。アレ? と思ってつづけて読むとこう書いてある――「悪事をすべてはき出してからやめてもらわねばならぬ。そしてリストでもつくって国民に悪事の数々を示してもらおう」とある。

ともあれ、近ごろのまぬけな政府のやり方には、あいた口がふさがらぬ。あいた口がふさがらぬのにもってきて、そのあいた口にまた次から次へといやなことばかりをつめこむんだから窒息しそうだ。こうなれば佐藤首相に銀座の真中を声帯のつぶれるまで「私、栄ちゃんは、かように悪いことを致しました。悪いことはよくないことであります。よくないことはしてはならないのであります。してはならないことをするのは悪いことです。かようにして悪いことは悪いことであります」なんて、持ち前の要領を得ぬことでも言って戴き、逆立ちして歩いてもらわねば、どうも腹のムシがおさまらぬ。

＊

青年に要求される能力とは、適切な判断力と強い情熱と持続的な集中力であります。青年はいつも前へ前へと足をふみしめて進まねばなりません。青年の本領は滞ることを許しません。そしてその精神は常に完全を希求しています。また自覚しております。従って、青年が一旦、彼自身に不合理を生ずると、彼は当然そこから脱しようとあせります。あせりながらも自己の停滞を悔い、不完全を呪い、まるでからまわりを致します。悪循環がめぐりめぐって暗い零落がおとずれ、青年は悲痛になってきます。死にたくもなります。かくてもろくも崩れ去った青年は深く沈潜するようになります。丁度清らかな小川に病葉がつかえてその障害のために淵となってよどんだ流れのごとく、まことに外見からは消極的なる人間が出来上がって了います。

しかし、未だ心のあせりは青年一流の性急さと相まって、なんとか自己のエネルギーのほこ先を探します。そうして、自己の悲しみを打ち消してくれるような強い激しい刺激をしゃにむに受け入れて、新しい世界をつくっていこうとするのです。けれども、この新世界への移向は、往々にして危険な不健全なある種の大人達の世界へと無抵抗に入っているのであります。これは青年の本来の進歩欲のある変形させた代償作用であります。

そうして、いやしくもこうして悪の道に入った青年がまだ青年としての特権である純粋性を持っているのなら、彼もついにはその世界によどむ堕落性を自ら感じるはずでありまして、唯、意志薄弱な青年の場合は自己の心に反して、マンネリズムに敗けてしまい、悩み、そして深刻な自滅の一途をたどるのであります。

では、いかにすれば青年は順調に躍進することが出来るのでありましょうか。それにはまず、(簡単なことですが)悪を憎み、不合理を怒り、自己を制する力と判断力を養うことであります。そのためには正しく考える習慣をつけ、衝動を制する力を持つようにしなければなりません。

先人の高い思弁とよき忠告に耳をかたむけて、つねに自己をみつめる心を持たねばなりません。これは実にむつかしいことです。しかもこれをただ機械的に、義務的にやっていたのでは、また、自己破滅の危機についふらふらとのってしまうということになるのであります。つまり、これには絶対的に強い情熱が必要になってくるのであります。

情熱を抱いて自己を律していけばよいのですが、まあ人生はそう理論通りにはいかぬのでありまして、これが最大の問題点になってしまいます。情熱というものは、そもそも大脳皮質の辺縁系の働きによるのでありますが、そういうことを言っても何のたしにもなりません。しかし、要するに辺縁系を発達させることが情熱を増す第一の条件になってまいります。それには私は唯一の方法しかないと思うのでありまして、つまりそれは情熱をおこさせるには情熱をもってくるべきだという、実に人を喰ったような回答であります。

具体的に申しますと、例えば勉学の場合、情熱のわかぬ教科にどうやってこれを促すかと言いますと、その教科に関連のある思考形式だとか、あるいは直接その教科の低次な興味をまず身につけることであります。実際に言いますと、英語なら最初のころはロンドンやニューヨークの美しい風物をみたり（むろん写真などで）、洋画をみたりして、またどうして日本人は贈物をもらったりした時は、まるでその品物が意中にないように平然と客と応待するのに、外人は贈物をもらったらすぐその場でぎょうぎょうしく歓喜の声をあげるのかというようなことやら、更にはGood-bye! のもともとの意味はGod be with you! のことであり、「神様の御加護があなたにありますように」というところから来てるんだなと感心したり、またついでに日本の地方によっては娘さんが別れるとき、普通は「さようなら」というところを「思うわ」といったりするのは、日本版God be with you! の宗教なしの言い方だなと考えてみたり。とにかくそういう風に段々と目的の情熱に近づいていくように努めることである。

けれども、そうして努力していても何らかの不運矛盾は必ず生じてくるものであります。そんなときに我々はどうすればよいのか。これは歯をくいしばって再起を待つよりしかたがないのです。キザない い方でありますが、「時が解決してくれる」ということがあります。努力をつづけるうちに、きっと雪どけがやってきて、世界はしだいにもとの状態にかえります。結局、我々が人生のすべてを理論的にわり切ろうとするところに様々の不都合も生じ、不可能も出てくるのであります。そして我々がつかれたときにやさしく手をさしのべてくれるのは、実に「芸術」の二字なのであります。我々は新天地に向かって不屈の努力をつづけながら、着実に歩んでいかねばならないのであります。青年は若いのであります。

＊

三木清全集出る。明日ベトナム戦反対の統一ストがあるそうだ。

ある想像

京都の山中をたった一人で、黄昏時に歩いてみたら、どんなに素晴しいことだろう。京の街は一度しか行ったことがないし、遠い昔のことだからもう忘れてしまったらしい。私の心の中には別の京都があって、そこはあらゆる俗悪なものから遠ざかったユートピアなのである。今年になって私は未だ紅葉の山々をみていない。その暇は全く全くない。しかし私の中のある何かしら美しい景色には、古いゆかしい寺や清いつめたい流れや、澄んだ緑の山々があって、それはまぎれもなく私だけの京都である。

人間がこうやって物騒な世の中にもかろうじて生きてゆけるのは、実にそんな心の故里のおかげかもしれない。人はたくましく堂々と進まねばならないが、疲れた心をいやすことも大切だ。そしてその間に自分を取りもどして再びはりきればよかろう。だが逃避はいけない。いかにつらい世の中でも、よごれた血は移しかえたところでしかたがない。血はいつも清くしておくがよい。たとえ肉体は泥に埋れていようと、心の赤い血はいつまでもいつまでも赤くしていてみせる。

＊

今の親はやんちゃ盛りの子供をすこし甘やかしすぎる。バスに乗ると、人は自分のことを「ああ可愛い子だ。さあ席をゆずってあげよう」といって交代して座れるものだと、まるで信じ込んでいるようにひどくいばっている。私は半額しかはらっていない子供はなるべくたたせることにしている。むしろ苦しそうな妊婦などにゆずってやる。全く尻をたたかれたりしたことのないひよわな子供は次々と製造されている。消極的で、いささか間のぬけた子供を持った母親は、「うちの子は、じっと考えるたちでして……」なんてぬかし、暴れん坊で手のつけられぬ鼻タレ坊主を持った母親は、「うちの子は活動性に富んで、どんどんやってのけますのよ」なんてぬかす。

子供は三歳までに鍛えねばならぬというのが私の持論である。漱石のようにステッキでぶたなくてもよいが、口でいってもきかぬときは尻をひっぱたくべきだ。へんに児の人格もあがったものだ。ただ絶対にサディスティクにしつけないことが第一条件である。

＊

友達とはいいものである。「朋あり遠方より来たる亦た楽しからず哉」の謂である。論語の言葉というものは芥川の「侏儒の言葉」にみられる時として胸をえぐるようなものはないが、よく人生の道理をついているという点で現代人が大いに学びとる必要のある書物である。物理学者であり、またよき科学評論家でもある世界の湯川博士は傍にこの論語を置いて、暇をみつけてはひもとくという。

論語にしても孟子にしても、ともに容易に近より難い古典であることは否定出来ない。しかし最近はレッグ氏の英訳等のいろいろな原典の溶解によって、我々は以前よりずっと楽に論語を読めるはずである。何とはなしに頭にすっと短歌やら俳句が浮かんでくることがあるけれど、そんな風に論語もありたいものである。それには書物に記されたような体験が必要だろう。友達はいいものだと思ったときに、また楽しからず哉と、更には「徳孤ならず必ず隣有り」と浮かんでくると、論語はもっとも生きた人生の案内になるだろう。論語は暗記しているだけではだめだ。いろいろな角度からながめて、時間と空間を越えた経典であるべきだ。

＊

すべて人はねむっているときが一番美しい。それはエゴを認めぬ無私の姿であるから。

＊

詩経の中に、周の南方で歌われた「桃夭」というバラッドがある。いうならば日本の万葉集の東歌にあたるべきものだろう。美しい詩である。これを九大の目加田誠氏が日本詩に訳しておられる。

桃夭　（目加田誠　訳）

桃之夭夭　桃は若いよ
灼灼其華　燃えたつ花よ
之子于帰　この娘嫁きゃれば
宜其室家　ゆく先よかろ

桃之夭夭　桃は若いよ
有蕡其実　大きい実だよ
之子于帰　この娘嫁きゃれば
宜其家室　ゆく先よかろ

桃之夭夭　桃は若いよ
其葉蓁蓁　茂った葉だよ
之子于帰　この娘嫁きゃれば
宜其家人　ゆく先よかろ

原詩といい訳といい、見事なもので、これを結婚式の披露などで詩吟したら、さぞいいだろう。小生およばずながら英訳してみた。

Peppy is a peach,
with flaming flowers.
God bless the lass,
in a wedding dress.

Peppy is the peach,

with bearing berries.
God bless the lass,
at a wedding march.

Peppy is the peach,
with living leaves.
God bless the lass,
to a wedding shower.

夜

夜は本来、恐怖の形をしている。暗くなると無意識に人は明かりを灯す。しかし真の夜は悪魔の色が濃くなって出来た姿なのだ。真の夜は子供のころのおそろしいあの夜ではなく、脆弱な人々をよせつけぬ重いカーテン――暗いベールである。

明かりというものはもともと原始の昔にかえってみると、人間のささやかなレジスタンスの所産にちがいない。第一義的に明かりは敵からの防衛を意図するものであるが、みえない心の不安をかき消すための手段にほかならず、またその絶え間ない不安は人の心に消え去ることなく、現代にまでのこっているはずだ。

現代人は生活の騒がしさのために夜を忘れてしまっている。人は重苦しい夜の威圧を本能的に家庭という、また社会という城の内にたてこもり、自分のまわりをなるべく明るくしようとつとめてきた。夜更けて寝入るときには、人はほとんど夜の存在を忘れてしまい、ぐったりとなって再び明るい夢の世界へと入っていく。

夢は王朝の昔へはせて、私には次の歌が浮かんでくる――。

すみの江の岸による波よるさへや
　　夢のかよひ路人目よくらむ

古代人の夢は生活のすべてであって、おそらく夜も昼と同じ様に愛されたことだろう。古代人の心の中には文明によって偽わられたものでない、じかの夜とのふれあいがあったように感じる。ねやのひまさえ、つれなく思い思いして、夜中に一人じっとしながらそこしれぬ深い海の奥へ沈んでゆくように感じとったことだろう。

夜は自然の中にあって自然ではない。深い人間の悲しみである。すべての自己防衛の術を失ったときの前世への或は来世への嘆きである。無常感である。星の輝く夜はもはや夜ではない。それは美しく着飾った童話の世界だ。真の夜はすべてをうけつけぬ空しさである。それが夜の恐ろしさなのだ。

＊

何事にも謙虚さが必要で、自己にとらわれぬ対象へのじかの愛が大切。真理を追究するには、すべてを抹殺し対象と没交渉にみえる諸事につけても、理屈をぬいた献身に美しい己の姿を見出すようにさえすれば、すべてが明るくなるだろう。

＊

紀元節復活⁉　そりゃ反対する方が良識ある人間に決まってる。古事記によって建国記念日を決めようって馬鹿は乞食にも劣る。三〇〇年間生き抜いたとかいうスメラミコトさんも草葉の陰でにが笑いしておられよう。

自民党がどうしても記念日なんてのをつくろうっていうのなら、も少し時期を待って、悪事が一〇〇以上あばかれた記念日でもつくってはいかが？

まあいろいろ言ったって、どうせ最後は自民党の多数決による、まことに結構なる日本式民主政治で票決され、紀元節も復活することだろう。そうして「勝ったく！」ってよろこんで、ダイギシオンドならぬキゲンブシでも歌って赤坂あたりで騒ぐんだろうねー。畜生、税金ドロボー‼

啄木について

こころよく我に働く仕事あれそれを仕遂げて死なむと思ふ
愁ある少年の眼にうらやみき小鳥の飛ぶを飛びて歌ふを
力なく病みし頃より口すこし開きて眠るが癖となりにき
あはれかの　眼鏡の縁をさびしげに光らせてゐし女教師よ
するどくも夏の来たるを感じつつ雨後の小庭の土の香を嗅ぐ

「一握の砂」「我を愛する歌」「煙」「秋風のこころよさに」「忘れがたき人々」「手套を脱ぐ時」から各一句ずつ選んだものである。

啄木という人は世間から、女々しく薄ぎたなく、あわれな男だと難ぜられている。一寸啄木をかじったことのある人は、彼が転々と職をかえた落ち着かぬ男であり、ひじょうなエゴイストであり、うぬぼれ屋であることを知っている。そしてこれらはそのとおりであるとして認めねばならぬ事実であろう。

しかし、そういうことをいう前に、私はまず啄木を非常に不運で気の毒な男だと思う。誰がいったい彼を自然主義者に、否、社会主義者にまでさせてしまったのか。誰が彼を虚無的な、あまりに虚無的な男にさせてしまったのか。啄木は三度も上京している。そうして本質的にはこれらの企てはすべて失敗している。一時は朝日新聞で人生的病の小康を得たが、彼の底から湧きたつ文学的純粋性は、とうとう彼を二十七歳の死にいたるまで苦しませつづけたのである。

父親の失敗による貧苦、子供の悲しい死、妻の病、その他数え切れぬほどのカタストロヒィーや絶望や困窮や不幸やアンニュイが次から次へとおこってきて、生涯彼を悩ませた。我々のこの啄木の悲しい一生を知らねばならない。

早熟であった彼は、大いに希望に胸うちふるわせながら自分のすることに絶大の自信をもってやってみた。けれどもそれらのすべては失敗したのである。彼の詩に髣髴する痛烈さは、生活の中にそだった日々の記録である。それは晶子の激しさなどとは全く趣を異にする激しさである。茂吉が彼女を「早熟な乙女が早口にものいふ」と評するなら、啄木は「早熟な少年が血を吐きながらものいふ」というべきものかもしれない。

啄木にとって現実的な生活の苦しみは避けられぬ業であったのだ。彼は生活のために仕事を求めて、なんとしても家族を養っていかねばならなかった。第一句にはそれが出ている。彼は挫折のたび毎に死を考え、死ぬ手段を頭にめぐらすほどに到っていたのである。彼の頭を去来するものは、死に瀕したあわれな老人が若年の儚い思い出を心に浮かべるごとき、少年の日々の追想であったのだ。啄木が「歌のいろいろ」の中でのべているように、そんな自分をいくらかでも慰めてくれたのは、この詩や俳句であったのだ。

彼はその中で、「……しかし私自身が現在に於て意のままに改め得るもの、改め得るべきもの、僅かにこの机の上の置時計や硯箱やインキ壺の位置と、それから歌ぐらいなものである。……（中略）…目を移して死んだもののように畳の上に投げ出されてある人形を見た。歌は私の悲しい玩具である。」といっている。

そんな佗しく無力な自分を想うとき、第二句の嘆きはせまってくる。そんな彼もとうとう病気になってしまう。第三句をみると、彼の句がまさに生活そのものの記録であったことを認めることが出来る。啄木の一生、それは流転の一生であった。彼は学問への情熱をはたすことが出来ずに鬱々として暮らしていたのである。曲折なく、そのままのばすことが出来なかった彼は、煩悶しつつも、いかんともしがたい情熱をひたすら句作に向けたのである。そうしてそのやり場のないもろもろの苦悩を社会にあたりちらし、しかも何の甲斐も得られなかったのであった。第四句には過去へのあわい思い出が、第五句には彼の神経質な程の感受性があふれていることと思う。

啄木の句がいかに拙かろうと、一流の純粋性・素朴性を持っており、どこまでも人の心をうたずにはいられない。我々は啄木をあざ笑う前に、彼がわずか数名の者にみまもられて、寂しく息をひきとったという厳粛な事実を知るべきではないのか。そうして、啄木の句を評する前に、彼のために涙を流してやるのが当然ではあるまいか。

＊

人生はむろん試練のルツボであろう。が、そう力むこともあるまい。私はこれまでどうにか生きてきたのであるし、これからも一大惨事がおこらぬ限り生きつづけるであろう。その間を私一流のオプティミズムで以て謳歌しようと思うのだ。

＊

悪党がいる限り、この世に悪は存在しつづける。

又

現在の政治は極めて腐敗している。その中で手腕を発揮せむとすれば、自ら郷に入らねばなるまい。

又

選挙をすれば必ず金をばらまいた者が当選する。日本の警察組織でも金で罪が買えるという事実が平然と存在している。

又

国民の目のとどかぬところで巨大な怪獣が、四角の紙や丸い銅を食べながら生きている。たまたま国民がふりむいてはじめて悲鳴をあげる。

又

政治家がいる限り、この世に悪は存在しつづける。

真の夫婦愛

死んだ智恵子が造っておいた瓶の梅酒は
十年の重みにどんより澱んで光をつつみ、
いま琥珀の杯に凝って玉のようだ。

ひとりで早春の夜ふけの寒いとき
これをあがってくださいと
おのれの死後に遺していった人を思う。
おのれのあたまの壊れる不安に脅かされ、
もうじき駄目になると思う悲しみに
智恵子は身のまわりの始末をした
七年の狂気に死んで終った。
くりやにみつけたこの梅酒の芳りある甘さを
わたしはしずかにしずかに味わう。
狂瀾怒濤の世界の叫びも
この一瞬を犯しがたい。
あわれな一個の生命を正視する時
世界はただこれを遠巻きにする。
夜風も絶えた。

（高村光太郎）

＊

しょせん人間の欲望なんて動物的なものに決まっている。人間のあるべき欲望は精神的なものにちがいない。個人の快楽を結果的に求めるに帰着する欲望は、やはり動物的である。名誉欲も、そして生活安定の末来のために知識を身につけることも。

真の人間の欲望はいかにあるべきだろうか。高い高いバベルの塔のその上の遠い宇宙のはてにあるものだろうか。この手でつかみたい。はかない人生のつかの間を、生活的な暗愚な欲望でかろうじて食を足そうとしてあくせくすることはとてもいやだ。眼前にちらつく諸々の抽象的概念も。その実体がようやく見えてくるにつれて、私にはやはりそれらもつまらぬ類型的なものにみえてくる。

渡辺晋童話集（その一）

昔、昔、ずっと昔、人間と猿と虎と馬と亀が競争をしました。一番についたのは人間で、次が猿、そして虎でした。亀は一メートル歩くとやめてしまったのです。虎は、この亀が最もずるいと少し激して上位に二人に言いました。実際、虎は最後に着いたことに腹をたてていましたし、亀のいくじのなさにも八つ当りしていたのです。すると猿は顔一面に軽蔑の笑いを浮かべて虎にこういいました。「虎さん、あんたの口のまわりの血は誰の血ですか。馬君の血でしょう。フン、一番ずるいのは、自分の強敵を殺してまで勝とうしたあんたじゃないか」。

これを聞いた人間は、すぐさま虎を殺してしまいました。あとには猿と人間がのこりました。亀は何か言いたそうな顔をして口をひらいたようでしたが、「何だい、このいくじなし！」と猿に足蹴りにされて遠くに飛んでいきました。

猿はもともと脚ののろいはずの人間に敗けたことがくやしくてたまらない風でしたが、内心ほくそえんでいました。それは猿が近道をしたからなのです。この五匹の競争は出発点を出てぐるりとジャングルをまわって、またもとの場所に誰が一番につくかをあらそったものですが、猿はこのように近道をし、虎は途中で馬を殺し、亀はすぐあきらめたのでした。そして猿がゴールにつくと、すでに人間が居たのでした。猿は亀よりも虎よりもずっとずるいことをやっても二番にしかなれなかったのです。でも猿は自分が不正な方法でやったのだから、人にまけてもしかたがないと思いました。

やがて雪が降ってきて、寒い寒い時が来ました。毎日毎日雪がつもり氷がはって、全く凍りついてしまいました。春はとうとうやって来ませんでした。猿も人間もその冷たさのために死んでしまいました。世界のいたるところ氷でおおわれ、その氷が百メートルも二百メートルも厚くなり、あらゆる生き物は死んでしまったのです。猿と人間は急にある薄暗いところにつきおとされてしまいました。そして昔、自分たちと競争した虎にそこで会いました。そこは地獄でした。年老いた虎と猿は互いに自分たちのずるさを悔いておりました。そして、人間が自分たちと同様、こうして地獄に落ちていることを涙ながらにも不思議がり、人間こそは一番可哀そうだとささやきあいました。虎と猿は、人間が昔あの競争で、初めは他の三匹とついて走り、おくれたようにみせかけて、すぐにもとのゴールの位置に逆もどりして待っていたのを知らなかったのです。

＊

うつろな大気と時をきざむ音に
しいんとした静けさが夜をつつむとき
白い紙よ——
温かい息吹きを伝えてくれ
ほのかなそよ風を運んでくれ

つめたい記録の断片は
ものうげに眼前に横たわって居るのだ

白について

白という色は、高貴なイメージを持っている。つめたく人をよせつけぬ美しさにたとえられる。実際には、白という色彩（及び黒）は存在しないのであり、光をすべてはねかえしたときにおこる現象なのである。いうなれば、白とは人の心の内に案出したあるイメージというべきものだろう。

美人の形容に「白い肌・白い指」という風に使われるが、人の顔（特に日本人の顔）がそんな病人か死人の色をしていたら大変である。日本人は顔色を失うことを「青くなる」というが、英語ではturn whiteと表現し、これこそ日本人好みの「白い美しい顔」だろう。要するに事実として人の肌が白いわけはない。白は一つの理想であり、それは清さ・美しさ・潔さを象徴しているにほかならない。川端康成の作品に次のような場面がある——。

「……さかえは自分を避けたのかと市子がうたがっていると、ふすまに音がした。敷居ぎわに白い足の親指がのぞいた。素足のさきだけが一つの生きもののように動いて、ふすまを押しあけた。市子は気をのまれて、なぜか胸がどきどきしているうちに、白いしゃくなげを入れた大きな花びんをかかえて、さかえがはいってきた。云々」

——ここにあらわれた白は、若さや清さの、実にうまい表現であり、市子がドキドキしたのは別の理由からにしても、読者にはその場の特異性、白の持つさわやかな感覚が皮膚につたってくることだろう。この世に存在しない白の観念は、個人の心の中で十分萌芽し、抽象的であるが故にある確固たる感覚をおびて存在しているのである。そして諸芸術が白を作品に利用するとき、人のその約束された叙情性をも利用することになったのである。

＊

父が医師会旅行で平戸にいってきた。有田焼を買ってきたが、どういうのがいいのか私にはあまりわからない。去年、母が例の陶器市（クロッカリーフェアorチャイナマーケット）にいって、数点中にいいのがあったと思うが、やはりまだわからない。小林秀雄さんの骨とうの趣味はわかるが、氏がどういうのを好きなのかはわからない。陶器も絵画と同じで、ある生理的な審美眼が必要のようだ。

＊

青年期にはとかく誘惑が多い。しかもそれらは間接的に以後の一生を左右する危険性を非常にはらんでいる。一つの決断のもとには全身全我の統制がなされねばならぬ。しかし、また何と至難の道であろうか。

＊

寒い。今日は寒い。未だ冬将軍がおそってくるのは早すぎる。つい先日までは小春日和を謳歌していたと思うと、すぐこれだ。亀井勝一郎氏の死を悼んで天候も不順になったらしい。

＊

人間には凡人ということはない。各人各様に馬鹿でないかぎり特長を持っていて、唯物論的に十把一からげにとり扱うことは不可能である。自分自身、凡人とは思わないし、この世に凡人はいないと思う。我々の共通するものは人間性の一致のみである。

*

世に漢字排斥論者は多いが、私は適度の漢字を入れて、適度のやわらかな平仮名を使った実用的文章をよしとする。漢字は成程書くに非能率的かもしれぬ。旧い形かもしれぬ。しかし、日本語から漢字をとり去ったとしたら、全く馬鹿馬鹿しいことだろう。第一歴史が生きてこないし、かえって読みにくい文章となるだろう。

私の持つある古い書物で「魚」偏をひくと、魚から鱻まで更に五六五字も載っていた。中国の康熙字典もさることながら、なかなかすさまじい文化である。私はこれらの言葉の中に一つ一つにそのロマンスがあるように思う。時には血生臭い世の中に出来上がった漢字もあるだろうし、「峠」のようなユーモラスなものもあろうし、「蘸」のような「漱石」まがいの漢字もあろう。これらの貴重な文化を一蹴一笑のもとに吹き飛ばしてよかろうか。

和歌の理解の仕方について

かくとだにえやはいぶきのさしも草
　さしも知らじなもゆる思ひを

藤原実方の作。非常に技巧的な歌である。順を追ってみていこう。まず「かくとだに」は文字通り「このようであるとさえ」と簡単に解せようが、次の「えやはいぶきの」は一寸むつかしいようである。元来、副詞「え」は「をさをさ」や「つゆ」と同様に「ず」や「まじ」などの打消を伴うが、この歌ではきちんとその形がととのってはいない。このことを一応頭の中に入れておく必要がある。

ところで、次の「やは」は通常、反語（修辞疑問）に訳すことになっていて、つまり「えやは」で「……出来ようか、いや出来ない」となるのである。しかし、この「何々」に当るはずの動詞はどこを探してもみあたらない。動詞はいったいどうしたの？　ナンテヘんなシャレだが、「いぶき」は伊吹山のことだろうし、かといってずっとくだった「しらじな」の「しる」をもってくるのもいささか無理だろう。そこで今度は全体的にながめてみると、まず「さしも草さしも」の調子に気づくであろう。万葉集の「さらす手作りさらさら」と通うところがある。言うまでもなく「かくとだに」から「さしも草」までは「さしも」を引き出す序詞になっていて、結局、作者の主眼点は下二句にあるわけで、「そうであるとはホンニあなたは知るまいなあ、私の燃ゆる思いをねえ」ということになってくるわけで、またここは倒置になっていて、本来ならば「もゆる思いをさしもしらじな」とあるべきところである。

その理由は二つある。即ち、倒置法による強意表現と、今一つはさきほどのリズムの点とからである。さて、ここに一つの問題が生じてきた。いったい「さしも」の「さ」は何をさすのかということだ。先刻の訳ではちっとも通じないし、チンプンカンプンである。下二句に歌意が存すといっても、我々は「さ」の本来の職能を忘れてはならない。平家物語などに出て来た「さるほどの」は、「さて」や「ところで」という文章提起の接続詞的用法で、これは例外であるとしても、「さ」が出た場合はいつも前を探せという原理がある。幻のその言葉とは、実に先刻曖昧に処理した「いぶき」なのである。これが犯人である。前を調べて前科何犯かはしらないが、「いぶ」となっているから気付かなかったけれど、「いぶ」はまた「えやは」につながるべき歌の重要なポイントであったのだ。いいかえれば、「さ」は作者の思いが強いことと、更に自分のもゆる思いを相手に伝達するすべのないことを指すのである。

従って、この歌の面白さというものは単に熱烈な恋情の流露ばかりでなく、むしろ焦れ、ジレンマ、はがゆさにあるといえよう。最後に蛇足ながら、第一句の「かく」は何をさすのかを言うならば、言わずもがな、もゆる思ひの激しさの状態であろう。さて、この歌全体を訳してみると――、

「私はあなたを恋いこがれているのですが、そんな心を御伝えすることも出来ませんので、さぞあなたも伊吹山のさしも草のさしもじゃないが、もえる思いを伝えるすべのない心の程はおわかりになりますまいなあ」

＊

人間には最低線のエゴイズムがあるわけで、これはいわば本能的な自己防衛の手段である。そして往々にしてペシィミスト達の人間批判の対象となっている。急になにかが飛んで来た場合、反射的に眼をつむったり、背後から突然「ワッ！」とやられたときにビクリとするように、聖人といえども持っている権利なのである。

人間が非難されるのは、その人が大脳で考えてやった失策や悪意であるべきで、それ以上のものを神か仏のようにその人に要求するのは無理な注文であろう。漱石が臨終のときに死んでは困るといったようなことを口にしたのを、正宗白鳥は「漱石は即天去私などと、さも悟りきったみたいなことを生前はいってたのに、あのざまは何だ」とケチをつけたというが、これなど以ての外で、白鳥はなんとまた非常識なことを言うタヌキジジイだろうと思った。これでは白鳥ではなく白痴庸だろう。我々は人間が極地に追いつめられたよう

な場合に、最も自然な生存上の乱れを暖かくみてやるべきだと思う。それが本当のおもいやりであり、これこそ真のヒューマニズムであろう。

＊

Mock Joya（城谷黙）氏の本は二冊持っていて、いずれも感心するのだが、ひじょうに平易な英文をつくることで実にすぐれておられる。驚いたことに、私の大好きな小林秀雄氏のおじ様がこの城谷黙氏だということだ。氏の文章はすばらしいの一言につきる。日本人が英文をつくる場合、なるべく簡潔でわかり易い英作が最良とされるわけだが、その点で氏の英文は大いに我々のみならうべきものだろう。受験に出てくる英作文は皆かたいぎしぎしした内容のものばかりで、何でもかんでも思想をおし込んでしまっている。もっとやわらかいセンスのものをとりあげるべきだろう。例えば、私が今考えた次のような英作はどうだろう。

「成程、女性は日に日に美しくなってきたが、簡単に我々はこれを本質的な向上だと片付けがたい気もする。それは一つには自由な服装の流行やはりにもよるだろう。例えば一九六四年に世界中大騒ぎになった、所謂トップレスが世の男性の眼に触れるか触れないかのうちに、もう例のあみの水着がお目みえした。一方、映画界についていえば、近ごろロロブリジダの『バンボーレ』が風評にのぼっている。こういう点で、我々のいう女性の美とはもっとエッチなべつのものをさしているのではないかと一寸疑問である」

It is true woman has been more beautiful day by day, but it seems difficult for us to deal with it as a pure advance merely. One of the reasons may also owe it to free fads and fashions of costumes. For example, no sooner had men of the world seen so to speak the topless suit which had made a great sensation all over the world in 1964, than that net bathing suit has already made an appearance. While, talking of movies, 'Bambole' of Lollobrigida has been in the air of late. In such respects, what we call the beauty of woman means other one more vulgar, I suspect a bit.

＊

床屋の帰りに本屋により、「現代の対話」購入。湯川氏の探究心の強さには全く敬服する。

＊

最近のエロブームは全くきたならしいものだ。日本人のモラルの低下を示すものにほかならない。製作者にしてみれば、人間の中に本能的なものをみとめ、それを芸術的に表現しているつもりなのだろうが、私には彼らがより人間的な確かなものを見落していて、ただ局部的なものを観念的にみているような気がする。

人間の中に肉体的な確かなものを肯定しようというのなら、いくらでも人間はまだよいものをもっている。頭脳一つを例にとっても、脳によった無数のシワはロケットをとばすことも出来るし、ヤスパースを批評することも出来る。まだまだ現代医学で解明できぬ神秘性をもっている。その点、今のものはどうもピープショー的なグロそのものとみられてもしかたないようである。

＊

私の好きな人——林秀雄

私の尊敬する人――湯川秀樹
私の崇拝する人――夏目漱石

＊

先日、本屋にいった。今は明治一〇〇年とかで大いにその間の歴史がはやっている。なかなかいい傾向だと思う。ずっと前（といっても二ヶ月程前）に朝日ジャーナルから「激動の昭和史」というのが出ていて、喉から手が出るほど欲しかったが、その範疇に属するのがいくらもある。

時間というものは無限であるが、これを人為的に人間の都合のよいように適度にくぎることはいいことである。一〇〇年間をふりかえって、先人の残した偉業や悪業の数々を一つ一つ吟味すべきであろう。そこに人間としてある種の訓戒を得るわけで、ひいては正しい現実批判のてだてとなるだろう。また単に日本史のみでなく、どうしてムッソリーニは出現するにいたったとか、プラッシーの戦は英国にいかなる未来を約束したか等を考えてみるべきだろう。

＊

入試まであとわずか。今のところ順調にいっている。ここであと一ふんばりしてテープを切らねばならぬ。今からが本格的なラストスパートだろう。血液循環でいうと、上大動脈と下大動脈が右心房に入ろうとする時期である。

去年の今ごろは、通信添削でやれ万年筆をとった、シャープペンシルをとったとかいってよろこんでいたが、今から三ヶ月余りは実質的猛勉をやるつもりだ。そして最後の鬼門（？）理科をものにしなければならない。ただファイトあるのみ。

＊

現在の日本に於ける社会福祉は劣悪である。クレイドルからグレイヴという英国の制度を見倣うべきである。日本の政治屋の恒例行事である汚職をなくせば、おそらく一〇年以上の福祉金として日本国民は大いにうるおされるだろう。

日本人はこの現状をタナにあげて、社会福祉国家スウェーデンにおける老人の自殺率について語り、むしろ自国の欠点を弁明しているかのようだ。しかし、一方では日本女性の自殺者が世界一であるというW・H・Oの報道を知らずにポカンと口をあけている。笑うべきである。日本女性が死を選んで散っていくという「自由主義国日本」の中に根強く残存する封建制や国民感情を思いおこすことをしない。もう一つつけ加えていうと、昨今のあいつぐ飛行機事故が飛行場の小ささ、即ち滑走路の短さのためであるということを知らない。アメリカに貸している随所の基地は日本の飛行場にあてるべきではないか。日本は体よくアメリカの半植民地と化しているではないか。今の奴隷的政府のために我々日本人はひょっとするとベトナムで腹をえぐられるかもしれない。

＊

人間すべて偽善者に思える。言うことなすこと皆みえすいた嘘ばかりだ。この世で最も尊いものは、人間の命と学問の真理のみ。いいかげんな愛などちっとも価値をもたない。

＊

私の忘れかけていた芸術に音楽がある。しかし、暗黒時代の今日の音楽という現実と、私の無知とに因って、心がそこに到らなかったまでだ。

＊

最近なかなかスムーズ（スムースではない）にゆく。昨年のように物事を執拗に考えふけって徘徊することがなくなった。われながらいいことだと思う。以前の日記をくってみると涙の出そうなのがあるが、墨絵の様な恬淡としたものがやはり必要なのだろう。

＊

高等学校を四年制にしては、という声が一部には出ている。だが果たしてどんなものか。今日生徒の相当数が教科を理解出来ないという。またこれは煩雑なその内容に因るとも言われる。然りともいえそうだ。しかし、そういちがいにそれだけで片付けられようか。

私には今日の日本の「十把一からげ」的なシステムが多く災いしていると考える。また俗にいう「受験戦争」による強迫観念、いいかえればストレスが各生徒の何とも不服なレジスタンスとなり、本来あるべき「広く情熱的に学習する態度」つまり「かた太りしない人間形成」や「現代に生きるための広範なコモンセンスの吸収」を考えられる文部省の望む目的が理解出来ずに、いたずらに高校生活、否、受験生活を大学というエデンの園への無意味な通用口と考えている生活が非常に多いのではあるまいか。

ところで、人間の行動はすべて大げさに言うならば欲求から成り立っていて、行動が円滑にいくためには、常に前進的欲求が成立しなければならない。したがって、そのためには勉強が好きになり（少なくとも抵抗を感じないまでに）何ものにもかえ難い真理を謙虚に追うという求道的精神が大切だと思う。それには我々の側にも一種の覚悟が必要で、正邪の欲求をうまく調和させながら学習することが最も能率的だと考えるわけである。

だいたい三年を四年にすれば、かえって余分の不安が生じたり、また三年に凝縮していたものを四年にしたためにはなはだ濃度のうすい（砂糖水みたいだが）授業が行なわれないとも限らない。そもそも理解の出来ぬ生徒が出るというのは、いわば歴史的真理であって、五年制の昔もさぞ多かったことだろう。いつの世にもそういう生徒はいるのである（ナンテ自分のことはタナにあげておきながら）。むしろいっそのこと今日盛りこまれている各教科の課題を少し減らして、五つのことをやるよりも三つのことをじっくりとやった方が得策であろう。さもなければ三年間を四年間にするのではなく、中学校から高等学校までを一本にしてしまい、ずっとずっと長い期間に一貫した学習を頭にたたき込ませるべきであろう。

今日みられるような「小学校の理科は中学校では話にならない。中学校の理科は高等学校では話にならない」といった珍現象を一掃すれば、いくぶんかこの精神分裂症的なものもすっきりするのだが。

＊

筋肉疲労の原因はまず筋肉細胞中のグリコーゲンが減少して、反対に乳酸が蓄積した時や、酸素が不足して乳酸の分解とグリコーゲンの再合成がおこなわれなくなった時、そしてアデノシン3リン酸が不足して、筋収縮の直接要因であるアクトミオシンの収縮がおこらなくなった時などという風に考えられるが、能率的勉強をやるためには、かくのごとく栄養が大切であると同時に、また換気も必要であろうし、そして思うにまず個人の情熱こそ何よりも肝心だと信じる。

＊

善乃至徳は人間の作為の所産であり、理想境はこれを感じさせぬ社会でなくてはならぬ。

＊

母はちょっとした欠点を持っているが、情も厚く、正義感もあり、そして何よりもまずあたたかい。

＊

最近の生徒が忘れ勝ちな大命題がある。
即ち、「計画は実行するためにある」ということ。

＊

寺田寅彦は実にいいことをいっている。科学者らしいおちついた心とユーモアのセンスは単なる文学のための文学者に数倍するだろう。

＊

寒月の心映せる湖や

あんまり興のない句になったが、どうしても「猫」の寒月（寺田寅彦）をもってこようと思ったところ、この始末である。

＊

日本史からみて、その生涯のやり方がその後の日本を窮地に追い込んだという科で、まさに死刑にあたいする者が二人いる。即ち、山県有朋と桂太郎である。

＊

小林秀雄氏の「芸術随想」を手に入れた。大学に入ってからゆっくり読むとしよう。

＊

絵を書くにはデッサンが一番大切である。この大前提を忘れては、すべての理はみな空論におわってしまうだろう。水に浮かぶうたかたと同様、つまらない絵になるに違いあるまい。すべての芸術が時とともに変わることは確かであるが、基本線というべきものは保っているはずである。近頃芸術家が増えて結構なことであるが、砂上の楼閣のようなものが多いのは遺憾なことだ。

＊

蜜柑むく思い出遠き金色《コンジキ》の夢

最近は石油ストーブという文明の利器のために、昔流の冬の侘びしさはさほど感じられなくなってきたが、その侘びしさにともなう情緒は春への憧憬である。子供のころ私は春の野にあくがれ出でて、土筆をよくつんだ。むろん、これは田舎でのことであるし、滞在期間の決まっていたという一種の圧迫感から、与えられた時に充分田舎の清新な息吹をすっておこうとする切実な願いにも因った。

今日、都会は勿論のこと、「市」と名のつかぬ様な町にすら、土筆は眼に触れることの出来ぬ古代の遺物になってしまった。両手一ぱいに土筆を取って来て、疲れては一人土手に腰を下ろし、遠くでせわしくあえぎながら白い息を吐き出してゆく蒸気機関車をながめた子供は今いずこ！　土筆は里の祖母に請うて煮てもらいみんなで美味しく食べたものだ。今はあの味も、もはや永遠に遠ざかりつつある過去への床しさである。……と、そんなことを考えながら私は蜜柑を口にほうばる。

＊

人は事を成就させるにあたって、常に刺激がなくてはならない。でないとすぐに止んでしまう悲しい存在である。あらゆる誘惑に打勝って正しい道を歩むためには真摯な刺激を常に求めていかねばならない。その中に自ら幸福な喜びが見出されるであろう。

＊

極めて順調なペースだ。正月元日も勉強出来るほど意志強ければよいが。

＊

白妙の帯打ちとけぬ流れこそ

野辺のさほひめ若菜ささなむ

「さほひめ」は「佐保姫」で春の女神、立田姫（秋の女神）とペアをなす。「白妙の帯」は白雪のつもり。「流れ」と「さほ」と「さす」は縁語。「なむ」は他にあつらえ望む終助詞で「……してほしい」と訳す。「若菜さす」とは若菜の芽が出ることであり、源氏若菜に、「若菜さす野辺の小松を……」という例がある。また「帯」と「さす」は縁語である。「こそ」は係り結びの消去。

＊

藤村の文学は、人間性を可成り束縛していた明治の因襲的社会にあって消極的に生きぬいている一個人の苦悩、いいかえれば、与えられた人生をまじめに生きて、結局人生の目標とは何かというよりむしろ、人間の「生」とは何なのか、人間の運命とは何かという大命題について、あくまで誠実に、しかも謙虚にとりくんで来た所産であり、藤村の孤独の所産でもある。しかも彼はそういう人生についての結論のいかなるものをも読者にあえて訴えようとはしていない。否、読者すら意識していないかのようにみえるのである。

藤村の文学は「こんな自分でもとにかくここまで生きて来た」というある絶望感であり、それは人間がすべての自己にまといついた装飾をとり去った赤裸々な姿なのである。我々が藤村を理解しようとするならば、まず我々についている心のヨロイを取去るべきであろう。

＊

漱石の文学は、人間の能力をあつかった文学とはほど遠い、一見おだやかな内容のものだが、実は死の宣告をうけたようなきびしさがあると考えている。

＊

ベルグソン読みたし時はなし

＊

渡辺晋格言集（!?）
参考書三冊やるより問題集一冊やれ。
人間が最も美しい姿を映すのは笑顔である。

＊

眼に強し草も木もなき銀世界

今朝、室温をみると一度である。じっとすることも出来ずブルブルとふるえが来てすこぶる寒い。窓辺をのぞくと雪また雪。ゆき交う人もヨチヨチと、車はチェインの音たかく、さらでも冬は憂きものを、おぼろにかすむ朝の月。

＊

道徳と誠意の低下――これこそ今日最大の悪徳である。

＊

感情は精神的感覚であって、頭脳による蓄積を拒む。それは永続的なものではない。環境の中に自ら培われた場合は別であるが、人生に一度かその程度にしか体験せられぬ感情は、人間のすぐに忘却するところとなる。感情が確固たる観念となって、大いにその職能を発揮せむがためには、条件反射的に頭脳にきざみ込まれることが必要であり、そのためには恒に間断なく刺激がもたらされねばならない。

もし我々が偉大な理想境に向かっていこうとするならば、積極的に創造的善的刺激を求めて自己を鼓舞し、克ち進む姿勢を持たねばなるまい。己の生命は充実の内に根を下ろすものである。而るに、この充実感は向上的欲求にほかならず、ただの自己中心としての欲求を宗教的に浄化したものが求道精神に帰着するのであるが、要するに不断の刺激に負うことに変わりはない。一個の人間は努力を怠ると進歩が止まる。そればかりではない、実は退歩するのである。進歩の原動力となるものはむろん心のささえであるわけだが、人間である以上、古い情熱は時とともに燃えかすとなってしまうものである。我々が大志を全うせむとするならば、すすんで絶えざる刺激を求めねばならない。

＊

意義は核心をついてこそあらわれる。もの皆核心を持っている。古典を読む意義の一端は、次の文章を味わえば自ずと理解出来よう――。

「山に正算僧都といふ人ありけり。わが身いみじく貧しくて、西塔の大林といふ所に住みけるころ、年の暮雪深く降りて、とふ人もなく、ひたすら煙絶えたる時ありけり。

京に母なる人あれど、これもたえだえしき様なれば、なかなか心ぐるしくて、ことさらこのありさまをば聞かれじと思へりけるを、雪の中の心ぼそさをやおしはかりけむ、もしまた事のたよりにや聞こえけむ、ねんごろなる消息あり。都だに跡絶えたる雪の中に、雪深さ嶺の住まひの心ぼそさなど、常よりもこまやかにて、いささかなる物を送りつかはされけり。思ひよらざるほどに、いとありがたく、あはれにおぼゆる中にも、この使の男のいと寒げに深き雪をわけ来たるがいとほしければ、まず火などたきてこの持ち来たる物してくはす。

今くはむとするほどに、箸をさし置きて、はらはらと涙を落として、くはずなりぬるをいとあやしくて故を問ふ。答へていふやう、この奉りたまへる物は、なほざりにて出で来るものにてもはべらず。方々尋ねられつれどもかなはで、母御前のみづから御ぐしのしたをきりて、人にたびてその代はりをわりなくして奉りたまへるなり。ただ今これをたべむと仕うまつるに、かの御志の深きあはれさを思ひいでて、下臈にてはべれど、いと悲しうて胸ふたがりていかにものどへ入りはべらぬといふ。これを聞きておろそかに覚えむやはやや久しく涙ながしける」

＊

遠い遠い学問の道は遙かなる茨の
辛い辛い並木道かな
今はなむ心のこりをふり捨てて
太陽を仰ぎてゆかむ今はなむ
嘵！　うしろをむくな
うしろにはおまえのきたならしい足跡が

いつまでも笑っているぞ
そうだ俺達は夢をつづろう
血で記されたあたたかい夢を
生きているのだ世界はみんな
そのかみの先達の血に

＊

古典の中に現代感覚を見出したという人があるが、これは逆であって、古典と現代に共通する不動の真理を認めたというべきものだろう。昔の人はあくまで昔の人であって、洋服を着て歩くわけでもないし、婦人運動を公にするはずもない。ただ共通する点は我も人なり、彼も人なりというごくあたり前の事実のみである。而るに、往々にして人は、なまじ昔の人が十二衣を着ていたりするところからひどくコチコチになっちまって、つまらない考証を徘徊しているのである。

日本の為政者

「魏志東夷伝」を調べてみると「盗せっせず諍訟少し。其の法を犯すや、軽き者は其の妻子を没し（取りあげて奴隷にする謂）重き者は其の門戸及び宗族を滅す」とあり、また「万葉集」の有名な貧窮問答歌に於いても、十分その当時の庶民の苦しさはわかる。寛弘四年に訴えられたと言われる例の「尾張国百姓等解文」には、「不法の賃を以て、白米、糒（干飯）、墨米並びに雑物等を京宅に運上せしめる事云々」と元命の非法を三一ヶ条にわたって愁訴してあり、更に、西紀一四二八年には既に正長の土一揆の史料がみられる。

「正長元年天下の土民蜂起す（このあたりは大正七年の米騒動を報じた新聞の見出を思い出させる）。徳政と号し、酒屋、土倉、寺院等を破却せしめ、雑物等をほしいままに取り借銭等悉く之を破る云々」。次の国一揆では、「同じく一国中の土民群集す」とある。

ところで、郷村制による惣掟も自治的なものだったとはいえ、今日的に考えるとまことにひどいものであった。が、ともかく最も庶民の生活に隅々まで干渉しているのは、インドのマヌ法典ならぬ慶安の御触書であろうか。たとえば「男は作をかせぎ、女房はおはたをかせぎ、夕なべをし、夫婦共にかせぎ申すべし。されば、みめかたちよき女房なりとも、夫の事をおろそかに存じ、大茶をのみ、物まいり遊山ずきする女房を離別すべし」とあるのは苦笑を禁じ得ないが、「昇平夜話」には、「百姓共は死なぬ様に生きぬ様にと合点致し収納申付様にとの上意は……云々」とあるのをみると、全く近世までの庶民がいかに不幸で、苦しくまるで物質同様にあつかわれていたかが肌身にしみてわかる。

江戸期の刑として、軽いものは叱、手錠等、だんだん重くなると、入墨、牢、払、遠島などになり、死刑は斬罪、獄門、更には鋸挽という残酷なものまであった。拷問は古語辞典に図がのっている石抱きなどという血なまぐさいものはかなり多くあり、十分拷問の効力もあったことと思われる。要するにざっと考えてみて日本史は庶民にとってまさに地獄の歴史であろう（これはむろん日本史のみに限らず、ヨーロッパやインドの人民もかなり痛めつけられていたが）。

それではどうして庶民がかくまで苦しまねばならなかったのか。これを私は支配者に因るものだと思う。とはいえ、私はアナーキストではないから為政者を無用の長物とは、さらさら考えていない。ただ立派な為政者を求めるものである。「日本政記」に「夫天が一人に託して万民を養はしむるは、万民に取りて一人を養ふに非ざる也」とあり、孔子は哀公の問に答えて、「直を挙げて諸を枉に錯けば則ち民服す。枉を挙げて諸を直に錯けば、則ち民服せず」といっている。政治家が直なる人間でなくてはならぬのは自明の理であり、万民の認むるところである。

しかし見よ！　今日の政治の腐敗を。国会議事堂には蠅もたからむとしているではないか。日本人が過去十数世紀もの間、横暴な君主に痛めつけられて来たことも忘れて、ノホホンとくだらぬ候補者に一票を投じていいものか。未だ服役中の悪党代議士が獄中から立候補して当選するという馬鹿な話があるか！「苛政は虎よりも猛なり」というが、その苛政によって自殺者が殖えているとしたら、政治家はみな死刑囚にあたいするではないか。

＊

みよしののたかねのさくらちりにけり
　あらしもしろきはるのあけぼの
稲つけばかがる吾が手を今宵もか
　殿の稚子が取りて嘆かむ

前者は有名な後鳥羽上皇の作、後者は東歌、即ち百姓の歌である。後鳥羽上皇の歌は、「さくら」と「春」ですこしくどいし、「あらしもしろき」は明らかに頭の中ででっちあげた句にちがいない。また最後の「はるのあけぼの」もあまりに観念的でピンとこない。反面、百姓たちの歌っていた労働歌（といっても「たて万国の労働者！」のようなものではなく一種のバラッド）の方は、まず夢があり、素直な詠みである。「かがる吾が手」にしみ出した実感が生きている。この二つの歌をくらべてみると、美食家の軽薄さと、生活人の重厚さの違いが大いに感じられるようだ。

＊

今日もまた、いたいけない女学生が痴漢にやられて殺され川に浮いていたという事件がおこった。それも上着は着ているが、下はあられもない姿であったという。人はこれをどう思っているのだろうか。あくどいその男を八つ裂きにして街路に釘づけしてさらしても余りあると思わぬか！　あさはかなきたならしい性衝動にかられて、ただそれだけの理由で女に絶望感と苦痛を味わわせて、用を足すとまるでスクラップのように、しめ殺しておく——これを人間として最も下卑た犯罪だと思わぬか！

人はいう——「赤線がないからこうなるんだ」と。また人は、「社会がすべてセックスに染まっているじゃないか」という。が、皆卑怯ないいのがれであり、心理学的合理化である。要するに自分をおさえることが出来ないのだ。そんな人間が、そんな低級な人間が万といるのだ。自分ののぞむこと、欲することをすべて生かそうとし、他人の福祉や幸福や安全にどんな危害を加えるかを顧みず、自分だけが正しいと、その脳ミソのあまり入っていないちゃちな頭脳でいいかげんに考え、ぬけぬけと悪いことをやらかす——こういう人間が何と多いことだろうか。女性を犯したくなったら己の腕を剃刀で切ってみよ。いかに自分の考えていることが凄惨なことかがわかるだろう。それでも頭の冷えぬ奴は宦官になれ！

＊

最も尊敬する先生の一人であるX氏からの手紙に、「成績といい実力といいもう完璧といってもよいところまで到達されています。もう絶対の自信をもっていかれるように望みます」とあった。全く嬉しくなる。

宇宙が無限であることの数学的証明

今、宇宙を有限であると仮定する。そして地球からその有限の距離まで一キロメートル間隔（一メートル間隔でもよいが一応一キロメートル間隔とする）で印をつけ、1、2、3……と順に番号をうち最大の目盛りをNとする（つまりこのNの位置が宇宙の極限である）。Nは非常に遠距離にある。ところで、この1、2、3、4、5……Nなる数の列のすべて各々の二乗を考えると1^2、2^2、3^2、4^2……N^2となる。しかるに、自然数AとA^2の間には、$A^2 \geqq A$なる関係が成立するから、$N^2 \geqq N$がなりたつ。$N^2 = N$となるとNは1だということになり、これは不合理である。従って$N^2 > N$から、N^2は最大の距離数の値である。すると、最初の仮定——Nは有限の最大数である——ことと矛盾する。よって最初の仮定は間違いで、宇宙は有限ではない、つまり宇宙は無限である。

＊

今朝は雪が降ったというのに午後には鳥が鳴いている。久女の句に「舟の欄にさへづる鳥も惜春譜」というのがあるが、これをかりると「電線にさへづる鳥も早春譜」というところか。

＊

エリオットの言は実に現代芸術家の痛い処をついている。曰く、「第二流の芸術家が共通の活動に身をさざげるような心の余裕を持ちえないということは言うまでもない。何故なら、そういう芸術家の主要な仕事は、いささかでも自分の特色となるものがあれば、それをことごとく主張することになるからである。ただ与え得るものを豊富に持って自分の制作に没頭出来る人間が協力し、交換し、貢献することが出来る」と。

＊

をこなるもの。食事時にきて駄弁を弄する野郎。選挙妨害のニコヨン。人生は金だと信じている御仁。エトセトラく。

＊

よく長たらしい肩書を名刺に刷ったりして、大いにしたり顔にいばっている単純な男をみかけるが、こんなのは虫ケラにも劣る種族である。虫ケラといえば、あの汚い蛔虫だって、いろいろの肩書をもってるんだ。分類学上では線形動物（roundworm というごとく円形動物ともいう）に属すが、この蛔虫君など、後生動物という肩書、その後生動物のうち三胚葉動物という肩書、その三胚葉動物のうちの原中胚葉細胞型という肩書、さらにこの原中胚葉細胞型は前口動物ともいうし、その前口動物のうちの原体腔型動物という肩書も持っているのである。

＊

後悔する者の女々しい泣きごと。死に直面した人の厳粛な顔をみよ。なんにもいえぬはずだ。

＊

最後の最後に頼れる人は父母と自分自身である。

＊

最近、「全然おもしろい」とか「全然美しい」という風に、「全然」という言葉の語法上の規則を全く無視してでたらめにつかっているのは非常に悲しむべき事態である。この分だと否定語を伴わぬ誤った言い方が固着化してしまい、一般的な正当な言い方となるおそれは十分あるようだ。たとえば今日の「とても愛らしい」とか「とてもイカス」という「とても」は古くは「とてもかくても」と使ったので「どうしてもこうしても」の意味であって、必ず打消しの形でつかうのが普通だったという。

新しい言葉を口にして興ずるばかりが能じゃない。我々は日本人として（国粋主義とばかり結びつく日本人ではなく）、美しい言葉――日本語を守り、かつ広く知識を外にもむけてこれを一層みがきあげ、立派な文化を築くようにしなければならない。

日本的表現について

自己の感情を素直に表現することは、なかなかむつかしいことだし、今までの日本的風土と相入れぬものを含んでいる。笑い一つを例にとっても日本的笑いは、時に笑えない笑いをも伝統的に創り出しているし、それが一定の反応として精神生活にしみついてもいる。万事事態をやわらげる作用と機能を持っていて、悪くいえば自己抹殺の精神のあらわれである。感情をありのままに流露させれば、なるほど今日的にいうと善徳（ヴァーチュー）である訳だ。ところが、それは無防備に無制限に無責任に自己主張をせよという請ではない。社会的規範がこれを許すはずはない。

現代において、この秩序なき欧化主義的傾向が見出されるのは残念なことである。こうなるとむしろ悪徳といわれても否めないだろう。まったくヴァイスである。元来人間は自分の住む世界をよくしよう〳〵と願って、ひたすら努力もし、尽力もしてきたわけであるが、その中で社会の悪習も自分なりに長年にわたって直してきたし、利用してきた。自分の感情を素直に表現出来ないという伝統的諦念を本能的にさえ信じてきた日本人は、言葉にあらわれぬ、或いは、言葉に秘められた個人の訴えと叫びをくみとる術を身につけているのである。それはあるときには実に不快な邪推や皮肉におわることもあるけれど、美しい温雅な心情の呼応となって受けとられるものでもある。そして、次の氷河期が全世界をおおうまでおそらく、日本人の心情はあまり変化しまいと考えているしだいである。

＊

何ものにもとらわれぬ精神を持つことが望ましい。○○主義と名のつくものにひたすら傾倒するのは真理を見出す邪魔にこそなれ、得にならぬ。もっともその○○主義を研究材料とし、○○主義のもつ利点乃至欠点をくみせむとする場合は別であって、我々の心せねばならぬことは、ある片寄った一面観に立脚して物事をみるなということである。

マキャベリーが君主論をとなえて一人悦に入っていたのもしかり、プルードンが小市民的な個人観にのみひたっていたものである。「観」には常にある種のストイシズムをともなう。

＊

いよいよ出立の時が来た。何も思い残すことは無い。

さあ、三月三日は六時半起床だ。

関連年表・昭和四十一年

二月十日　早稲田大学全学共闘会議学生が大学本部を占拠。
四月二十六日　私鉄大手十社が二十四時間ストを行い、国鉄でも時限ストを行う。
五月十六日　中国で文化大革命が始まる。
六月二十九日　ビートルズが来日し、東京公演。
七月二十四日　ソ連のグロムイコ外相が来日。
七月十九日　佐藤首相が戦後初めての沖縄訪問。同日、戦後初めての赤字国債が発行される。
九月十八日　サルトルとボーボワール来日。
十月二十八日　中国が核実験の成功を発表。
十二月八日　審議会が紀元節の二月十一日を「建国記念日」とすると発表。

＊出版　遠藤周作「沈黙」
　小泉信三「海軍主計大尉小泉信吉」
＊映画　大映「白い巨塔」
　ソ連映画「戦争と平和」

大学時代

（昭和四十二年以降）

＊

昭和四十二年四月十一日、医学部入学式。（3／17合格）

＊

授業ははや十五日から始まる。明日は一日、新入生歓迎で事実上休みである。今日もほとんど休みであるし、陽春の（否、初夏を思わせるような）日ざしをうけてのんびりとしている。

教科書も購入した。ただ腹がへっている。暇つぶしに靴下を洗ってみたり、茶を沸かしたりしてみるが、どうもあまり満たされない。面白いもので、いざ大学生になってみると、高校時代の夢が一度にどこかへ吹き飛んでいって了った。受験生時代に頭を去来したもろもろの瞑想も浮かばなくなった。ケンノンである。

＊

吉田精一氏の「源氏物語の旅」はとても素晴らしい著作である。氏の人となりが彷彿とにじみ出ていて、ぐいぐいとひきずられているうちに、心はいつか王朝の昔を馳せている。登場人物の一人一人に深い同情と愛情を込めて描かれ、文章に無駄がなく、流石日本国文学界の一、二を争う方だと深く敬服する。未だ源氏物語の主題はわからないが、それは国文学者にまかせておくとして、今しばらくは大河文学であるこの源氏に出来るだけ近づこうと思う。

＊

人間にのこされた最後の救いは「何かを信じる」ということである。神でもいい、科学でもいい、自分自身でもいい。たよるということではない。けがれた社会に対する唯一のレジスタンスである。自殺から免れる唯一の道である。この世の中に信ずべきものがなくなったとしたら、いったい我々はどうやって生きてゆけるであろうか。我々は何を理想として、苦難多き人生を乗り切っていけるであろうか。すべての現象が一切空になったら、我々は死んだも同然ではないか。

いったい誰が暗やみで足を運ぶことが出来よう。一本の松明が我々を暖かく導いてくれなければだめである。ところが、今日、我々は何を信じていけばよいのだろうか。この大命題はあまりに大きい。そしてあまりにも身近な問題である。大都会にたむろする青少年は何を信じて生きているのだろう。死期のせまった老人や病人は何を信じて生きているのか。何を信ずれば救われるかは、大きな人生の課題である。

キリスト教は「愛だ」と答えるかもしれない。これも立派な回答である。けれども、太平洋戦争にかり出された若き特攻隊員は、はたして「汝の隣人を愛せよ」即「すべての人間を愛せよ」というドグマで以て人を殺せただろうか。彼らはあるいは国家を信じて散っていったかもしれない。だが、国家とは何だ。彼らの信じたものは何であったのか。そして我々の信ずべきものは何だろう。いったい、信ずるものがなくともそのために死ぬようなことはない。人間は別に信ずるものを持っていなくとも心臓は動いている。しかし、それは不幸であろう。私自身確固たる信ずべきものを持っていない。だからさびしい。そう簡単に我々の求めるものはこの世にころがってはいない。それは高い高いところにあるはずだ。けれども私はあくまで、これを求めてきっとこの手で摑んでみせる。

＊

「あ、同期の桜」を読んでいると知らずに涙が出てきた。とても悲痛である。戦時下にあって一個の人間の生死は微々たるものかもしれない。しかしその個人にしてみれば恋しい母や父、兄弟、あるいは恋人というさまざまの連繫をもっている貴重な一つの生命なのだ。その眼には幾億の涙を有し、その頭脳は人のために役立つものかもしれない。この本を読んでいると、私は当時の軍部に、そして憎むべき戦争に、絶叫の炎をたたきつけてやりたいような激しい憤りを感ずる。また平和で発展的な日本の将来をあくまで願って空しく死んでいった学徒に対して、この全く情けない今日の馬鹿げた日本が出来あがったことを残念に思う。実に呪うべき過去の一期間だと思う。戦後二十二年にしてつくづくそう思う。彼らはかろうじて自己の死に意義を見出し、自らをむりやり慰めながら死んでいったことと思う。

＊

本棚に“New Testament”(新約聖書)がつったっている。しかしこればかりはまだ読む気になれない。今読みたいナァと思っているのは、「ギリシャ神話」か「デカルトの青春」か、「風土」、ないしは漱石の書簡集である。今読んでいるのは「私の読書法」である。

＊

日本人は学問に金をかけることをしないといわれる。確かにその通りだ。英国や米国では、教育費として政府から下る金額はたいしたもので、特に英国のテューターによる個人教育は人格的学問に非常な役目を果たしている。また誇張していえば貧乏人は学問をする権利を有さないと思われる程である。つまり金を出さないで教育を受けようなんて生意気だというわけである。

日本はその点雑多教育がアグラをかいている。教育普及率は世界に誇るものがあるけれども、まことに貧弱な、おそまつな内容は中途半端この上ない。猫もシャクシも学校に行きたがり、そのくせウンウンいっている。玉石混淆の学校では、有能な人材が次々と埋もれてしまって、多くの何の役にもたたない人間――軽挙妄動をし、軽佻浮薄な有象無象――が年々歳々生み出されている。日本人は学問に金をかけることを損だと考えているキライがある。遠い将来へ投資するよりも、間近な実利追及を望んでいるらしい。教育には多大の費用が必要であるということを無視して、やたら皮相的な学問のウワズミをありがたがっているのは、まさに「教育軽視」であろう。明治のあの一気呵成のやり口――即席文明国家成就のためになされた義務教育と、肩書の重視、実力の多様化否定。

学問をするには金がかかる。これは宿命である。ぬれ手で粟をつかむことは出来ないし、蒔かぬ種ははえぬ。高等な学問を身につけようとするものは、当然その代償を払うべきである。自明の理だ。

＊

勉強をしていると、ブーンと虫の羽ばたく音がした。ひょっと頭を向けると、とかげが虫を喰っている。弱肉強食の世界をまざまざと感じさせる。山口誓子の俳句に、〈かりかりととうろう蜂のかほをはむ〉というのがあるが、とかげが虫を喰うのは、恐竜が人を喰ってる錯覚すらして不気味なものである。それも〈とかげ出て新しき家の主をみたり〉や〈岩かどをとかげのあしの踏みはずす〉や〈巌の間のとかげが魚のかほをする〉といったある程度の愛敬をもった情景ならばまだ何とか救えるが、本能むき出しのとかげのこのあさましさはカマキリどころの騒ぎではない。

と、そんな風に思っているうちにも、奴はまたソロリ〳〵と獲物をねらって舌なめずりをしている。いやな奴だ。

＊

アメリカの漫画本「Dennis the Menace and his pal Joey !」を買って読んでみた。三つと四つの子供のいたずらぶりと少々カタコト混じりの会話はほほえましい。

たとえば「Me an' Joey are goin' to the moon !」だとか、そのほか「you」を「ya」、「yes」を「yeth」、「water」を「wa-wa」「out of」を「outta」、「caught」を「catched」、「picture」を「pitcher」、「neither」を「nother」、「tree」を「twee」、「reach」を「weach」等々である。それに会話特有の省略体もみのがせない。

「about」は「'bout」、「them」は「'em」、「excuse me」は「'scuse me」、「something」は「somethin'」、「going」は「goin'」である。次に音や感情を表す声の豊富である。例えば「Oh」「Baw」「Wheeee」「Gaaa」「Noooo」「Yooou」「Hey」「Huh」「Uh」「Gee」「Yeah」「Whaaa」「bzz … bzz …」「Hee」「Haw」「Pow」「Chung」「Kaboom」「Blam」「Crash」「Oof」「Bang」「Vroom」「Rrrrr」「Plop」「Ta Ta Ta」「Boo Hoo」「Toot」「Yippee」「Growk」「Mrow」「Yeaw」「Petui」「Tee Hee」など1つ1つあげていたら

キリがない。このように実際の会話は我々の習ういわゆるキング　オブ　イングリッシュにくらべて、はるかに俗っぽく、はるかに slang も多く、はるかに生々しく、はるかに無駄な言葉が多いのである。また直訳して全く通じぬものだってある。

たとえば Joey が Dennis に「Gee, thanks, Dennis! You sure read good!」というと Dennis が「Nothin' to it!」と答えるところがある。「Nothin' to it!」は「それに関しては何もない」と訳すべきではなく、「なんでもないさ！」とか大人っぽく「どういたしまして！」といばった感じにならなくてはダメである。

最後に何といってもこの漫画の面白さは「子供らしさを失っていない」子供の一挙一動のユーモアであって、最近の日本の漫画にみられるような描写の残忍性、思想の危険性、素材の低俗性は微塵だにみられない。まことにほほえましいホームファニーズである。

＊

学問の目的は、つきつめてみると、結局人間性の追求、或いは人間自体の向上を促そうとするものであろう。所謂学びのポーズをしたところで、ちっとも価値がなく、全く馬鹿々々しいもので、まさにピエロかクラウンであろう。ところで、現存する諸学問が果たして個人にどのように役立っているか、また、役立っていくのかを認知することはむつかしい。普通学んでいくにつれて、次第にその魅力を理解し、そうしてその真髄に到達するものと思う。

自然科学と人文科学を比較してみると、前者は人間自体の向上を、後者は人間性の追求をその目的とするように思う。生活の糧となる学問は主として自然科学に見出されると思うが、我々の感性に直接訴えてくるのは文学や哲学や芸術という人文科学の方であろう。そして自然科学系は文明を、人文科学系は文化を形成するようである。また文化と文明が並行して存していくとき真の進歩があるわけで、やたら一方が独走するとガタガタになってしまうだろう。要するに、人は双方を軽視することなくバランスよく身につけることが肝心だ。

＊

父より手紙着く。英文学の明石先生が亡くなられたそうだ。今はただ先生の徳と限りない愛に感謝し、ひたすら来世での平安を祈願するのみである。

＊

和辻哲郎の「風土」を読みたい。

＊

明石先生の奥様から礼状が届く。稀にみる安らかな昇天がせめてもの慰めである。最後の相手をした者として頑張ってくれとあった。

＊

水上勉の「かなしみの人生論　くも恋いの記」は、貴重な何ものかを持っていて、それが知らず〳〵に美しい珠となって、その内に人生の暗い真実を映し出しているようだ。この珠を通してみる世界は、さびしいけれど、そのまま受け入れるべきものだ。

＊

My Dream

I dreamt a dreadful dream in the city.
The great mushroom was growing up and up towards the sky.
The tiny mankind was turning pale and pale against the buildings.
I dreamt a delightful dream in the country.
Hope is great and gleaming with cheerful birds' sound.
Love is tender and teeming with graceful girls' smiles.

（昭和四十二年六月）

＊

夏の海入日に汗の冷たさよ

夏休み雑感

夏休みは大いに遊んだが、それだけに楽しく愉快な日々であったことは否めない。まず第一に記すべきことは、兄と東京で遊んだことである。期間は約一週間。石橋美術館、日劇、ＮＨＫ放送センター（佐久間良子がいた）、東京タワー、代々木の水泳場、駒沢公園、国立西洋美術館、ホテルニュー大谷スカイラウンジ、羽田空港、国際劇場。それから富士五湖をめぐり、富士山五合目までいった。

新宿の夜は大変なものである。私は銀座で土産を買うことにして白牡丹に行った。父には二五〇〇円のカフスとタイピンのセット、母には二七〇〇円のコンパクト、義一おじちゃんには一七〇〇円のライター、正治おじちゃんには一二〇〇円のシガレットケイス、うちのお手伝のおばさんにはその娘さんに財布を買っていってやった。かけ足の旅行である。

兄は親戚の者と塩月弥栄子の茶の道場へ出かけたそうで、夫君の正雄氏の訳本「外科の夜明け」を買って来た。とても面白い本で私も三分の二ほど読んでみたが、麻酔が発明される以前の手術、膀胱結石の話、手術熱の問題などが、かなり劇的に興味深く書いてある。時代は十九世紀のナポレオン三世や南北戦争のころである。

東京の話はべつにこれといっていうほどのこともない。しかも夏休みの旅行はこれっきりだからしかたがない。ただ実家にくすぶっていただけである。家にくすぶってステレオを聞いていた。

＊

鷗外と歴史小説について、その成立要因を私なりに考察してみた。森鷗外は確か漱石より六歳ほど年上である。彼は大きな期待と責任を荷って生まれ、所謂天才教育のもとに抜群の頭脳を発揮した日本最大の文豪である。六歳で論語を、十一歳でドイツ語を学び、十三歳ではや東京医学校予科に入学し、二十歳で東大医学部を最年少で卒業し、二十三歳でドイツ留学、三十二歳で陸軍軍医学校長となった。彼の前半生はまさに栄光の道であったといえよう。持前の貪欲な知識欲、底知れぬ情熱であらゆる分野に挑み、戦闘的態度で以て、それらを極めていった。

しかし彼は足るを知らぬ不平家であった。現在の自己の地位に甘んずることが出来ず、何ものにも満足出来ぬ性格は、加速度的に彼自身の情熱を燃やしていった。彼は科学的な軍医として、また理論的な文学者として、名実ともに確固たる地位を占めていたのである。しかし、そんな彼にも一大変革がもたらされた。それはかつての友人であった小池正直の陰謀によって、明治三十二年六月八日、三十八歳の鷗外は小倉に左遷の身となったのである。このような人事に当然憤慨した彼は、一度は辞職の決意もしたが、まわりの者達の制止によって、かろうじて思いとどまったようである。

当時の彼の号「隠流」に彼の不平と失意の程がうかがえる。しかし、配所での時がたつにつれて、さすがの彼もここに初めてゆっくりと自己をみつめる時を得、自己を傍観する余裕をも得たのであった。彼の人生観の一端を形づくっている resignation の態度がこの境遇に培われたとみるべきであろう。この態度は漱石の「即天去私」に匹敵するものかもしれぬ。

やがて三年ばかりたつと再び東京に帰ることになり、まもなく軍医総監になることが出来た。こうして鷗外の第二期の活躍が始まるのである。この地位の安定こそ、第二期の彼の文学活動をささえたまず第一の理由であろう。また他の理由を考えてみるならば、一つには漱石の活発な創作活動の結果であり、また一つには破竹の勢いでひろがりつつある自然主義文学への対抗であろう。これらの理由の中にもすでに彼特有の対抗意識がすでに頭をもたげてきていることがわかる。けれども、東京へもどってからの「スバル」での文芸活動がそのまま歴史小説の出現だとすることは出来ない。それには、漱石が明治天皇の崩御並びに乃木大将の殉死に大きなショックを受けているのと同様、彼もまた乃木大将の殉死に大きな衝撃を受けているのである。

この事件が彼にいかなる心理的影響を与えたかを考えてみると、まずいえることは乃木夫妻が自我を抹殺し得たことであり、換言するなら、この世の一切の望みをすてて一筋に崇拝する天皇の死に殉じていった乃木の無私の美しさが、彼自身の内部に巣喰っていた拙い出世欲を根底から打ちのめさずにはいられなかったということであり、彼の永年の不平が乃木の心情に較べると何とつまらなく、取るに足らぬものかを痛切に悟らざるを得なかったのである。

すぐに彼は「興津弥五右衛門の遺書」を草して、ここに歴史小説の第一弾を放ったのである。そして次の「阿部一族」では、この殉死の問題を更に追求し、冷厳にこの悲劇を描写している。しかし、そこには彼の真情である沈痛の情が sympathy を以てあふれ出ている。乃木が身を以て示した自我（エゴ）を捨てるということは、「山椒大夫」に受け継がれ、安寿の自己犠牲、自己抹殺の精神は宗教的浄化すら伴っている。この連繋は漱石の三部作の場合と形式的に類似している。また不平を感じることなく足るを知るということは、「高瀬舟」で表れており、今一つのテーマであるユータナジー（安楽死）とともに重要なエレメントとなっている。

私は更に「高瀬舟」にもう一つの訴えをみるのである。それは irony である。後の「寒山拾得」「最後の一句」にも表れているオーソリティへの批判である。即ち、軍部へのイヤミである。「寒山拾得」で身分の高い閻をつまり陸軍を笑いとばしている軽蔑と、「最後の一句」で、姉娘の口をかりて語らせているするどい諷刺である。大正五年彼は退官した。鷗外はここにやっと足るを知り、名利を捨てた境地にたどりついたのであった。

＊

ずっと以前に漢詩の英訳を目加田誠氏に出していたら、その返事がきた。

＊

大空

大空が美しい
はてしなく広がって
ぐんぐんと吸い込まれてゆく
大空は背のびして
無雑作に限りなく
僕達を包む
大空の間には
暑い暑い太陽だ
たたきつける夏の光だ
大空を仰ぎ一つ
どこまでもどこまでも歩いてゆこう
大空が美しいから

＊

青春

悲しき涙に
月はくもり
青春の憂ひ
ただ果てしなく
うたかたの佳人も
何にかはせむ
望みの泉は
湧きて流れど
つきせむ悩みに
一人たたずむ
若き生命よ
またいくばくぞ

＊

私も八月二十一日付をもって二十歳になった。一応大人の仲間入である。しかし殊更感慨もない。ただ暑いなあという感慨のみである。「近代世界美術全集」は四冊目まで買って止めてしまった。読書どころではない。ともかく水道の水を温度計ではかってみると四一・五度もあるのだから。

下の冷房も二階の冷房もなかなか冷えにくい。応接室の冷房は割にひえるが、それにしても暑い毎日である。北原君と福田君が遊びにきても外に出るのがおっくうでつい応接室ですずしい顔をする。応接室からながめる泉水の鯉は美しい。鯉にも紅白、黄写、緋写、大正三色、昭和三色、山吹黄金、松葉黄金、丹頂、白別光、赤別光、白写、秋翠、浅黄、菊水、錦水、孔雀、ネズ黄金、はりわけ、オレンヂ、プラチナ等といろいろの種類はあるが、紅白の美しさは私の心を最も摑まえる。

鯉は日本美である。日本には日本だけの美があって、その国で育った者にしかわからぬ良さを持っている。山水や白砂青松といった自然の美しさだけにとどまらぬ「日本臭」というものがある。和歌や俳句の出現のこのたまらない日本臭の所産であって外国人にわかるはずはない。

「臭」とは感覚である。理屈ではない。パンフレットをおびただしく刷って外人観光客にわからせようとしても無理な注文である。ところが逆に不都合も生じる。日本美を世界にアピールすることを余儀なくされた場合に、真に理解してもらえないという弱みである。例えばミスワールド、ミスインターナショナル、ミスユニバースといった基準の異なる舞台では、はなはだ不利となる。西洋人からみた東洋人は、黄色人種からみた黒人女性と一般であろう。我々からみれば、黒人女性はみな同じ顔にみえる。反対に白人女性を評価する場合、十人の女性の中から白人同士が三人の美女を選び出す時にも、我々は五人を選出するだろう。

また、いやしくも世界の第一の舞台を西洋人が活躍している以上、金髪娘が栄冠を獲得するのはた易いことである。先日選出されたミスインターナショナルの日本代表は身長一六八センチで、ミスワールドの方はナント一七四センチもあるそうだ。素晴らしい体である。むろん日本では大女である。外国と対抗していく以上は、せめて外人のプロポーションにでも近づこうというわけか。

夢について

夢は不思議なものである。人の心の奥底の感情がほろりと何かの拍子に発露して、自分でも驚く自分の姿に目覚めてしばし茫然となることがある。

人間は生きて生活する場合、諸々の敵に対拠・抵抗するために、数多くの殻をつけている訳だが、夢は一切をぬぐい去ってしまい、本当の自己の心を我々の前に暴露する。未開人が夢を畏怖する念は当然のことかもしれない。否、現代人にとっても、その役割は極めて大きいものだろう。心理学に於いて、夢は重要な要素の一つであり、深層心理学の花形である。また遠く平安の世界にも、和歌のよき友であって来た。小野小町はその代表であるが、儚く醒めた夢を恨み、また頼み、夢現われぬ恋人をつれないと責める歌は沢山ある。

全く夢は儚いものである。小一時間もせぬうちに忘れ去って了うものでもある。あるいは、夢はとるに足らぬものかもしれない。だが、私はあくまで夢とは面白いものだと思っている。へんてこな夢が実は重大な意味を秘めていたりする。そんなとき、私は人知れず心の中で驚嘆の声をあげる。夢の正しい解釈法はまだまだ研究される必要がある。そして真実の自己を知って新に現実を拠していくならば、いくらかでも自己を裏切らずに済むであろう。「自身が最も不可解な存在」とよくいわれるが、つまりは自分を考える（心理学的に考える）余裕に欠けるからにほかならない。ゆめゆめ夢をおろそかにするべからず。

＊

この世で、努力と誠実が第一である。「努力と誠実」——何とありふれて陳腐な言葉だろう。そしてこんな簡単なものが、どうして実行出来ないのだろうか。

＊

中村真一郎「源氏物語」を読んでいると、実に作者式部の考えに同感することが多い。ある時は源氏の口をかりて、あるときは紫の上の口をかりて、式部は自分の人生観を堂々と述べている。それは貴族社会そのものへの批判の場合もあるし、人間関係のむつかしさに対する忠告や意見の場合もある。納得出来ぬ箇所、不自然な箇所はあるが、一人一人の心情の機微をよく摑まえていて、全く敬服する。

情操について

幼児に無理やり音楽をやらせたり、絵を描かせたりする情操教育というものがあるけれども、子供が好んでやる場合に限り、これは効果があるものだと思う。大いに遊ぶべき幼児期に、とぼとぼとピアノなどの先生のところへ習いに行く子供の後ろ姿は可哀そうなものだ。

本当に子供が音楽なり絵なりをやりたいと思った時に先生をつけるなりしてほしい。幼児期の情操とは、思うに、「自然に親しむこと」だと思う。赤トンボを追ったり、蛙をつかまえたり、草花を植えたり、犬を飼ったりするうちに、子供の心には人間的なやわらかさや、やさしさが培われていくものだ。

その点今日ではその機会にとぼしい。情操とは、いわば潤滑剤のようなもので、人間の角々しい面をいくらかでも和らげる働きをする。そうしてこれは是非とも子供の頃に植えつけておくべきものである。

＊

望郷

空はからりと　雲もなく
げにのどかなる　今頃は
いかにおはせむ　吾が父よ
思ひはめぐる　午さがり
をち方の町　吾が町の
吾が家はいとど　しのばるる
強き日影と　蟬の鳴く
過ぎし夏には　誇りたる
花未だ在りや　さるすべり
樹々の梢に　吹く風は
落葉はらりと　飄し
池の面に　浮かすらむ
鯉は愛しく　懐かしく
ああ郷里の　今時に
いかにおはすや　吾が母よ

（昭和四十二年　神無月）

＊

人は漱石によって文学の味をしめ、様々な人生経験を一通り終えてから、やはり漱石にやすらぎを感ずる。試験の済んだ今、漱石の代表作品をこのチャンスにすべて読んでやろうと思っている。予定としては「猫」「坊ちゃん」「草枕」「三四郎」「それから」「門」「彼岸過迄」「行人」「心」「道草」「硝子戸の中」である。むろん、二度目、三度目のも相当あるが、気分新たにやるつもり。

＊

架空の恋人に寄せる詩

遠く離れた彼方の街で
何も知らずに生きている君
僕の心を充たしてしまう
あの笑みはああ何と空しい
君に逢えるのはただ一ところ
淡い儚い夢の中だけ
何処に捨てよか一途な思ひ
たたう紙にも書きすさぼうか

（昭和四十二年十月）

＊

平家物語の悲哀は、常磐御前の献身、祇王と仏御前の出家、小督の追放、俊寛の陰謀、頼政の痛憤、八重姫の悲恋、佐奈田義貞の不運、祐清の心理、今井四郎の惨死、忠度の都落ち、猪俣のだまし討ち、敦盛の最期、平重衡の道行、佐々木盛綱の残酷性、教経・菊王丸親子と嗣信・忠信兄弟の肉親愛、田口成能の裏切り、安徳帝の入水、教経の豪死、義経の悶死等々と実に様々なものを蔵しているが、今これらの悲劇を読んでいくとき、私は「時代」というものを考えずにはいられない。武士の意地の非情なまでの執拗さと、日本の戦の特異な情緒、さらに忠道の宿命と、生命に対する恬淡さを余儀なくされた業などを考えてみると、あれほど横暴をきわめた平家が源氏に残虐に滅され、また平家は常に憎むべきものという伝統すら生み出した源氏も、義仲や義経すら滅される運命に落ちてゆかねばならなかったという無常感は切々と心にしみてくるようだ。

平家物語を読むとき、その美しいまでの凄惨な悲哀は、彼等もまた恐怖や同情や涙を持った愛すべき人間であるということをいやが上にも感じさせるのである。

我が下宿の本棚にたてる本九〇選

「今昔物語（上）」「今昔物語（下）」「昨日は今日の物語」「平家物語の旅」「源氏物語の旅」「源氏物語」「源氏物語」「源氏物語必携」「私の源氏物語」「夏目漱石必携」「夏目漱石」「夏目漱石」「夏目漱石入門」「漱石詩注」「父夏目漱石」「漱石の思ひ出」「私の漱石と龍之介」「芥川龍之介」「現代の対語」「小林秀雄対話集」「人間の建設」「近代絵画」「芸術随想」「無私の精神」「ピカソ」「古典の世界から」「医学と生命」「外科の夜明け」「読書と或る人生」「あゝ同期の桜」「現代人の国語常識（用字篇）」「現代人の国語常識（用語

篇）」「ことばのカルテ」「変なことば正しいことば」「隠語小辞典」「日本の湖」「古都の仏像」「人生読本」「私の人生観」「格言の花束」「ゲーテ格言集」「ゲーテ詩集」「日本の名詩」「世界の名詩」「俳句鑑賞入門」「現代俳句」「古典と現代文学」「ギリシャ神話」「自殺について」「自分で考えるということ」「日本人の笑い」「日本の回復」「日本の歴史」「今日の芸術」「中国后妃伝」「英単語記憶術」「英単語覚え帳」「語源千一夜」「外来語典」「英単語物語」「モックジョーヤ随筆集（その一）」「モックジョーヤ随筆集（その二）」「英訳論語」「坊ちゃん・草枕」「吾輩は猫である」「三四郎」「それから」「門」「彼岸過迄」「行人」「心」「道草」「硝子戸の中」「これが世界一（上）」「これが世界一（下）」「私の読書法」「落語明治一〇〇年名演集」「新作落語四〇年傑作集」「雑学のすすめ」「英語語法事典」「くも恋いの記」「美のうらみ」「歴史の旅」「国文学」「京都と奈良」「夏草冬涛」「森鷗外」「Oxford Pocket Dictionary」「Webster's New World Dictionary」「Thorndike Dictionary」

十二月十二日

今朝は室温零下三度。寒さ極限に達し、生暖き寝床との切なる別離に血涙を絞る。ガラリと水道の傍にたたずみて怖々小頭を回せども、一滴の水さらに落ちず。せむかたなき無念の思ひを抱きて下界に降り、手を切るごとき冷水に万斛の愁ひ。鬱々として閑居出ずれば。白霜は径をおおいて、吾知らず眇然として氷柱を澹瞰す。遙かなる晴暄を需みつつ、寒風に猛然と歩を大学に運べば、恨むべき哉、休講也。

＊

死んだ花

私は枯れた花を見た
踏みにじられて死んでいた
そいつにそっと触れてみた
花びらの血を垂れていた
私は空を仰ぎ見た
雲が光を隠してた
溜息ふっとついてみた
風がチクリと頬刺した
私は心で泣いてみた
花びら拾って泣いてみた
気の毒そうに雲もまた
涙の雨を降らせてた

＊

木枯を避けて書物と二人かな
初雪や窓を放ちて興じがり

夕月にほえたる犬の息白し
も少しと蒲団に沈む霜の朝

＊

休みの一時
ドイツ語のあとで
不図うちを想う
そら聞こえてくる
夕げの窓から
楽しげな声が
彩やかに浮かぶ
池や花や木や
ラジオをひねると
私は一人だ
空には十六夜
耳にはケッヘル

自然ということ

自然に触れることは魂の洗浄に役立つ。我々は恒に救いを求めている。空疎な人事のもたらす重苦しいアニュイから一刹那でも解放されたいと思う。自然の中に安らぎを見出すのは、自然が永遠であるからでもあろうが、一つには自然の姿にごまかしやまやかしがないからだろう。美しいものはあくまで美しく映ずるし、枯淡なものはもとより枯淡な趣を蔵している。

河の流れはどんな人にも同じゆるやかさと清らかさを示してくれる。虚偽と誇張のないもの——それが自然である。けれども、天然即自然と呼ぶことは出来ない。文学の中にも自然は存するし音楽や美術の中にもある。芸術ばかりではない。あらゆる人為的なカテゴリーの中にも自然を見出す可能性がある。しかし、いずれが真実であるかを判別するのは、天然の場合にくらべると問題にならない程困難である。それは人が自然でないものを故意に自然らしく表現するからであり、誠でないものを誠に塗り変えるところに言うに言われぬ嫌らしさとわざとらしさを感じるのである。我々の多くが天然の中にのびのびとした清々しさを覚えるのは、世俗、人事の例の嘘っぱちなもっともらしさに疲れはて、かろうじて救いの手を人の居ない処に延ばすからにほかならない。

＊

漱石について語るべきことは随分ある。持前の性格の点からペンを進めてもよかろうし、作品に表れた彼一流のユーモアとモラリティを指摘していくのもよいだろう。また漱石研究史などを眺めてみるのも意義深いことだと思う。いずれを取っても実に語るべきこと多くして、整然と論評するのはむずかしい。しかも漱石研究家の数たるや全くおびただしく、悉く明らかにされてしまっている。今から改めて漱石論なるものを興そうとするならば、先人の説を難ずるかもしくは新事実をまるで墓でもあばく様にして把まねばなるまい。けれどもそれには豊富な資料と強い根気力が必要だろう。

一つの作品を論ずるにはその作品を完全に自分のものにしていなければならぬ。それには多くの時間が必要である。また私自身の内的円熟性が要求せられる。

従って勢い俳句と漢詩と英文の中で私は漱石について述べたいのだが、前二者は既に開拓され尽くしているので、ひとつ漱石の十一編の英詩のうち一編を選んでこれを訳してみることとする。この詩の中にある She は誰だろうとモデルを詮索する人もいて、吉田六郎氏などは後年の即天去私と結びつけているが、私は漱石の神経衰弱が嵩じて鏡子夫人と別居中であったつれづれに、夢のような女性（必ずしも女性とは断言出来ないが）を勝手に頭に描いて創作していたのではないかと思う。

漱石としては、常に非は夫人にあると考えていたようで、小宮豊隆の説のごとき悪妻を持った不運をいつも嘆いていたらしい。しかし、「漱石の思ひ出」や伸六氏の随筆を読んだりすると、そうとばかりは云えないようである。夫婦仲のしっくりいかなかったことは事実であり、この詩はそんな漱石が夢みたいな女性を心に抱いて作ったものなのである。日付は一九〇三年十一月二七日となっている。

I looked at her as she looked at me :
We looked and stood a moment,
Between Life and Dream.
We never met since :
Yet oft I stand
In the primrose path
Where Life meets Dream.

Oh that Life could
Melt into Dream,
Instead of Dream
Is constantly
Chased away by Life！

（訳）
われ彼の人をながむれば　彼もわれをば打ちながめ
二人はしばし見交わしぬ　うつつと夢の間にて
二人はそれより逢わざれど　時につけつつたたずみぬ
楽し小路のその中の　うつつが夢と出合うとこ
ああゆかしきや夢にこそ　そのうつつも溶け入らば
夢にかわりて絶え間なく　そのうつつもて追い出さば

ここで注をつけておくとしよう。文中の oft は often のことで古書や詩の中に使用される語である。ドイツ語の oft や öfter と比較すると面白かろう。また primrose は元来サクラソウのことであるが、ハムレットの中に the primrose path として「歓楽の路」のことで出てくる。漱石はおそらくハムレットから取ってきたものであろう。

漱石とハムレットにはかなり深い因縁があり、中村是公が学生時代に読書好きの彼に買ってやった話は有名である。この詩には漱石の一面がかなりよく出ている。she を人間だとすると眼科医院で逢った女性の面影は忘れられなかったかもしれぬという憶測もあるいはあたるだろう。だがモデルは第二の問題である。

仏像の魅力

仏像の持つ高貴な美は何物にもかえ難い。数世紀の時代を経て来た歴史の重みと世の人々の平安を祈るひたすらな心によって生み出された仏像の姿は本当に宝物としての価値を持っている。

例えば、誕生仏のあの可愛らしさの中に認められる汚れのない清らかさ、衆生を救って下さるものと信じて作られた絢爛たる不空羂索観音像、それに日光・月光両菩薩像の端正な静けさ、執金剛神像の力強い形相と迫力とその技巧美、阿修羅像の芯のある若々しい顔、興福寺仏頭の端正な横顔、見事に調和のとれた聖観音像、夢違観音像のふっくらとしてどことなく心安まる容姿、また仏の強い意志を感じさせる救世観音像、広隆寺弥勒菩薩像の笑みを浮かべたかすかな口元、そして柔らかさと華麗さをあわせ持つ吉祥天女像等は私の最も愛す仏像である。

いいものはいい。仏像の魅力を知るには無私の心が必要であろう。反発するものがあればその良さはわからない。仏の姿をじっとみつめていると知らずに涙が湧いて来るような錯覚を覚える。昔の人々がこれらをよすがとして、かろうじて生きてきたのかと思うと愁いと酔いの混じり合った複雑な気持ちになる。

古い昔の芸術品として評価しようとするから仏像はいつまでも人の心に入ろうとしないのだ。金箔が塗ってあったとか、北魏系だとかいうとらえ方しか出来ない人は仏像を単に知で御していこうとするつまらぬ輩である。むろん仏像を観る以前の予備知識は大切である。けれども果たして昔の人々は仏にすがろうとするとき知をふりかざしたであろうか、おそらくそんなものは惜しげもなく捨て去って、ただひたすらに救いを求めたことだろう。仏像のあの一見おだやかな唇から、そんな人々の切なる声が聞こえて来るようだ。

ピカソの現代性

ピカソの絵は他の近代作家のものに較べて、より個人主義的なものである。彼の内部に巣喰っているあるどろどろとした生臭さが、あのような色彩とへんてこな形で以て我々の眼前に描き出されている。それはさわやかさ等とは似ても似つかぬアピールであり、ほとんど生理的なまでの訴えですらある。

現代ではこのようなピカソ的発想で絵をかく人も多いが、当時としては全く特異なものでしかなかった。概略的に云うと、近代絵画の夜明けはフランス革命などの全体的変革（民族的変革）に発している。その代表はダヴィドやドラクロアである。その後、印象派による色の研究が進み、一応近代絵画の形を整えるようになって来たが、ピカソに到って初めて個の内部（作者内面の訴え）を描く絵画が現われたといえよう。近代絵画初期のドラクロアにみられる二つの点、即ち、外面的素材のとらえ方と技術的な描法（色やタッチ）が、コローやターナーやミレーに到って後者の方は到達すべき地点に達した。そうして前者の方は、いつまでも作者の心を描き出すことをしないでここにピカソの出現をみたのである。

ピカソは近代絵画と現代絵画の過渡的位置にある。それは再三言うごとく、人間内部の個人的なやりきれなさを描き始めた人だからである。

「ファン」という言葉

「ファン」という言葉はどうも軽率な響きを持っている。「ダービーファン」や「ナイターファン」などと使われてもう立派な日本語になっているが、芸能人に対するファンを多く言うように到ってから、段々と狂人的な俗な色あいを帯びて来たらしい。

今日買った森田草平の「夏目漱石」の表紙の帯にはこの様なことが書いてある——「生涯にわたって漱石に師事した著者が身近な立場から師の人となりを語り、師の思い出を綴った本書は、漱石ファンには逸すことのできない云々」と。これではまるで漱石のブロマイドでもありそうな言い方だ。また「漱石ファン」という言葉は、漱石を神様のごとくあがめて、盲滅法に従っている人みたいで、彼を冷静に客観的に正当に評価する余裕のない人のような感じを受ける。

成程、「ファン」という言葉は辞書をひくと「狂信者」とか「熱狂者」などと出ており、一種の「狂」には違いあるまい。そもそもこの言葉は fanatic の略であり、元はラテン語 fānāticus から来ている。更に遡ると「寺院・神殿・聖所」の意味の fanum に戻るのであって、そんなところから信仰の異常に熱烈な人をさすに到ったのである。現在の公明党ファンは実に「正党」な使い方だと言えよう。

ところでこの「ファン」を多くの日本人は「フアン」と発音している。明らかな誤りである。「フレッシュ」というべきものを「フレッシユ」と発音するくらいに傍で聞いているとおかしなものだ。それで「野球ファン」のことを「野球不安」ともじられたりするのである。これは野球というと居ても立ってもおられず、仕事も手につかぬ一種の気違いのことなのだ。

だから「漱石ファン」というと何だか皮肉を言われているようで嫌なものである。私が漱石のことを書いた書物を色々と買うのは、むろん漱石が好きであるからだけれども、漱石に関する多くの資料のもとに、出来る限り客観的に彼を観ていこうと考える所謂であって、決して狂信的に即ちファナティクに集めているのではは断じてない。

今年のスローガン

Das Herz sei warm, aber der Kopf sei kalt！

＊

エンタープライズはついに入港した。政府としては、まず第一段階をうまく進めたことになるが、国民としてはこの動く核基地を不安と怒りに眉をひそめながら受け入れさせられたことになる。日本としては、安保の手前やむを得ぬところだが、実は沖縄返還のための暗黙の条件であろう。

国民が昔の夢よもう一度で、沖縄返還を騒ぐ以上、そして米国が重要な軍事基地である沖縄を手放さねばならぬとしたら、その代償は当然軍事的協力という約束を請求するだろう。今までベトナム戦協力ということに白を切っていた無気力佐藤が、近頃台湾などアジアを回ったり、米国を訪れたりして、急に動き出したのは、今までの浮草のような態度を改めて、はっきりと米国の核の傘の中に入ろうとする意向を示し始めたものにほかならない。換言すれば、日本の国際的立場を世界に打ち出そうとするものである。

このような変化を呈して来たのは、むろん安保へのステップでもあろうが、私見では、共産圏の武力拡充とそれによる威圧のためだろう。実際中共の核の力は意外に大きいもので、これには米国も非常な脅威を感じているらしい。日本のボスである米国がベトナム戦で世界の批判の的となって悪戦苦闘している一方、共産圏の勢力は次第に広くかつ大きくなっている。そういう険悪な国際情勢下にあって、政府としては、否、日本としては、いったい米国の手下なのか、友人なのか、それとも無関係なのかという浮草のような態度を続けていくことはしだいに不可能となってきた。政府はここを考えてあわて出したが、日本が米国と手を切るならば、あるいは日本独自の戦力の中に核を備えねばならぬかもしれない。

いずれにしても核はつきまとうわけで、国民としては実に心配なわけである。だが最も心配なのは答弁もろくに出来ない無能な佐藤が半独裁的に続々と日米間の条約を取り決めてしまって、国民をどうにもならない立場においてしまうのではないかという懸念である。ともかく私はエンタープライズ寄港反対だ。しかし今の三派系にはとても同調できない。

＊

龍之介は喜劇的な男だ。人生すべてを世紀末的に悲劇的に観る人生観が仇になって、とうとう自身の死すら一種のドラマティックなインテンションを講じねばならなかった。そのこと自体実に喜劇的ではないか！

漱石の漢詩

山居日日恰相同
出入無時西復東
的皪梅花濃淡外
朦朧月色有無中
人従屋後過橋去
水到蹊頭穿竹通
最喜清宵燈一點
孤愁夢鶴在春空

まず語句の解釈からすると、「山居」は山の住居であり、「恰も」は全くの謂。「出入時無く」は散歩で家を出たり入ったりするのが気ままで一定でないことで、「西復た東」は、その方角もまた随意であること。「的皪たる」はくっきりしたの謂であり、「濃淡の外」は、花が色の濃淡など問題外として咲いていること。「有無の中」は月の朦朧とした存在を指す。「蹊頭」は道端という意味で、「竹を穿ちて」は竹の林をぬけてのこと。「孤愁」は孤独な男の愁いの謂である。韻は「同」「東」「中」「通」「空」に有る。また、「的皪たる梅花濃淡の外」と「朦朧たる月色有無の中」及び「人は屋後より橋を過ぎて去り」と「水は蹊頭に到り竹を穿ちて通ず」はそれぞれ対句をなしている。

漱石の漢詩には「題自画」というものがかなり多く、幽山や清流に遊ぶ隠者の趣きを持ったものがほとんどであるが、これは「無題」となっていて、日時は大正五年九月十三日（死の約三ヶ月前）である。当時、漱石は「明暗」を書いた後決まって漢詩を詠んでいて、「明暗」の俗の世界から漢詩の桃源的世界に身をひたすことによって一種の逃避的浄化を行なっていたらしい。このことは書簡集を読んでもわかるし、この詩（漱石のすべての詩について云えることだが）を読んでみても、どこか草枕と相通ずる処がある。

美を求める心――これは漱石を知る上で極めて重要で根本的なエレメントである。「草枕」に於いて美はテーマの一つとして表面に押し出されているが、他の長篇小説に於いても彼独自の審美眼は随所に生きている。しかも漱石の描いた美は単に花鳥風月の即物的趣向ではなく、彼自身の人生観や自然観から出る全体的雰囲気（下手な言い方だが）として訴えてくる。

ところで、漱石の漢詩は全く彼自身のものである。中国人の模倣でもなく、典型的日本漢詩とも違う。否、彼の俳句も蕪村的情緒を蔵す独自のものである。これが最大の長所であろう。ついでに短所を言うならば、それは語の甘さであろう。彼の漢詩に意味を解しかねる（少なくとも私には）造語のたぐいがチョク〳〵顔を出しているのも彼がプロの詩人でないことを示すものかもしれない。しかし、彼の詩には反面、プロの詩人の使う華麗で陳腐な表現（それらの多くは飽き〳〵する程平凡である）がなく、非常に個性的で、従って面白いものである。また所謂書斎人の詩で、この詩でも最後の「最も喜ぶ清宵の燈一点」や最初の「山居日日恰も相い同じ」等にその立場がうかがえる。この詩の鑑賞は割愛して、最後に、漱石は春を特に愛したということを付け加えておこうと思う。

＊

今日も曇り日
でっかい空の天井が
どんよりうつろに重たく寒い
街ゆく人のあの甲高い笑いも
どうせ止む時は来る
春なんてはかないものさ
明日も曇り日と思うとき
私の心は
じっとりと油汗を流す
空しいものだと嘆いてみても
やはりしのばれる —— Unsinn
今日も曇り日

春雑感

ようやく春がやってくる。風はまだ冷たいが、陽の光は山の端を黄金色に照らし、つい先程まで雪解けに濡れていた野辺の雑草がぱっと朝日に映える。街には一足早く春が来た。赤や紺や桃色のスーツを着て華やかに歩く娘たちは、黒いオーバーを脱ぎ捨ててわずかばかりの春の息吹を味わおうとする。

今、国立一期校の入試が行われている。ここ二・三日間後輩の世話であけ暮れた私だ。苛だたしさと不安と満足感の入り混じったあの顔は、私がいやという程体験してきた真摯な表情だ。彼らに無駄な同情はすまい。これは宿命なのだから。

だがそんな下界の行事をよそに春の空はどこまでも青い。その青空にふわりふわりと浮かんだ雲は冬の名残りの雪の白さを想わせる。古都の春はどんなだろうか。法隆寺の夢違観音は白鳳期の作だが、おそらく血生臭い悪夢のような過去の出来事を遠い夢物語として懐かしく思い出しながら、清々しく晴れ渡ったこののどかな日本の春の景物にじっと見入っていることだろう。あるいはまた鞍馬寺の毘沙門天は手をかざしてじっとはるかベトナムあたりを見すえて怒りにふるえているのかもしれない。いったい世界にほんとの春がやってくるのはいつだろう。

＊

今からしばらくの間、この日記をつけぬであろう。そのしばらくの間は私の医学生としての修業時代であり、よき遍歴時代となろう。

関連年表・昭和四十二年

一月二十四日　日本共産党の中国共産党批判。
四月五日　「富山県イタイイタイ病の原因は三井神岡鉱業所廃液である」との発表。
六月五日　第三次中東戦争。
八月八日　東南アジア諸国連合（ＡＳＥＡＮ）結成。
九月七日　アメリカ、原子力空母エンタープライズの寄航申し入れ（翌年入港）。
十月八日　ワシントンでベトナム反戦十万人集会。
十月十八日　ミニスカートの女ツイッギーがイギリスより来日。
十二月十一日　佐藤首相が非核三原則を言明。

＊出版　有吉佐和子「華岡清洲の妻」
　　　　野坂昭如「火垂るの墓」
＊映画　東宝「日本の一番長い日」
　　　　三船プロ「上意討ち」

＊

久し振りでこのノートに記す。

私は文学と美術以外のものをここに見出したのだ。それは音楽である。音楽は直接的で、語りかけてくるものであるが、詩と違うところはあらゆる人間に同等の反映をもたらすものである点だ。

ハイドンの多くのシンフォニーやモーツアルトの美しいピアノ曲、更にベートーヴェンのドラマティックな構成美にはじまり、ストラヴィンスキーのあの野蛮でそのくせ異様な高ぶりをひきおこす音の芸術こそ人間の最も理想的なユートピアではあるまいか。

ロマン・ロランのベートーヴェン研究やワインガルトナーの著述、さらにフルトヴェングラーの「Ton und Wort」などの書物を読んでいると、心が清められていく思いである。最近やっとベートーヴェンの交響曲レコードがすべてそろった。第一はフルトヴェングラー、第二はクレンペラー、第三はバーンスティン、第四はフルトヴェングラー、第五・第六はオーマンディ、第七はカラヤン、第八はクレンペラー、第九はワルターである。

否、ベートーヴェンだけが偉大なのではない。モーツアルトこそ実に天才だ。またシューベルトやマーラー、ブルックナー、ブラームス、メンデルスゾーン、ムソルグスキー、チャイコフスキー、ドヴォルザークも私の好きな作曲家たちである。

モーツアルトをやらせたら世界一のベーム、マーラーのうまいワルター、リヒャルトシュトラウスに冴えをみせるカラヤン、編曲のたくみなオーマンディ、私の尊敬するフルトヴェングラー、人間として好きなアンセルメ、これからもなお大きくのびるだろうバーンスタイン、荘厳ミサをやらせたら逸品のクレンペラー、ラテン系とゲルマン系をともにこなすミュンシュ。すでに亡したライナー、モントゥー、メンゲルベルクも偉大である。ムラヴィンスキー、ストコフスキー、セル、マゼール、そして今や神のごとくたたえられているトスカニーニ等の創り出す音楽も他の追随を許さない。

フルトヴェングラーの「第五」、カラヤンの「一八一二年」、ベームの「四一番」、ミュンシュの「幻想」、ワルターの「合唱」、ライナーの「田園」、アンセルメの「春の祭典」などは私の耳に奥深くきざみ込まれている。

ヴァイオリンコンツェルトについて

アダムとイヴの協奏曲というとベートーヴェンのコンツェルトとメンデルスゾーンのそれである。また三大ヴァイオリンコンツェルトというと、ベートーヴェン、メンデルスゾーン、ブラームスをさす。そして、それにチャイコフスキーのヴァイオリンコンツェルトを加えて四大Vn.コンツェルトというが、よくもうまくいったものだと思う。

何故なら、私の好きなヴァイオリンコンツェルトはすべてこの四曲なのであり、この四曲を除いてヴァイオリン音楽は語れまいと思うからである。ベートヴェンの曲にしては実に幸福感にあふれ、また曲雅な、そしてかつまた実に堂々としたあのコンツェルトが、初演の際失敗に終わったというのはどうしても解せぬ。失敗だといわれたものはベートーヴェンのほかにチャイコフスキーのがある。荒々しすぎるというのだ。けれども四つのコンツェルトのうちで最も壮快なのは実にこのチャイコフスキーのコンツェルトなのだ。

ブラームスのそれが、オーケストラの中にとけこんでゆきながら交響的に奏されるのに対し、チャイコフスキーのコンツェルトはオーケストラと対立しつつシンフォニックに奏される。我々が最もよく聴き知っているのは、しかし、何といってもメンデルスゾーンのコンツェルトであろう。あの最初から出てくるメロディーは幼い頃の思い出に似て、ほんとうに美しくまた軽やかだ。全曲がこれすべて上質の絹につつまれた羽根ぶとんのように安らぎと崇高な温かさにあふれている。

もしも私がベートーヴェン以外にもう一曲選べといわれたら、即座にこのメンデルスゾーンの曲をあげよう。その他のヴァイオリンコンツェルトでここに書くべきものは、ただ二曲、すなわち、モーツアルトの五番とハチャトリアンのそれである。私があえて、ラロやドボルザークやパガニーニのものをあげなかったのはいろいろの理由があるけれど、パガニーニの場合にかぎって云うと、まず第一にそのいやらしい程の技巧美、そしてブラームスのものにくらべてあまりにも深い内容にとぼしいことなのである。ブラームスとチャイコフスキーのヴァイオリン協奏曲が全く同じ年に作曲されているという点は実に面白いと思う。

ピアノコンチェルトについて

ベートーヴェンの交響曲と同じくらいに演奏されるのがモーツアルトのピアノコンチェルトである。彼の二十七曲のコンチェルトはいずれも永遠の光を失ってはいない。モーツアルトはベートーヴェンの約五倍のシンフォニー（未完のものも含めると六倍）を創り、ピアノコンチェルトも約五倍の量を作曲している。けれどもピアノコンチェルトの場合、その一作一作がとても素晴らしく、わずかの例外を除いて、駄作というものがない。これはまさに驚くべきことである。チャイコフスキーは生涯に三曲のピアノコンチェルトを作曲しながら、今では第一番のみがポピュラーになっているだけで、モーツアルトのごとくどの曲も素晴らしいというわけにはゆかない。いっそグリークのように一曲のままでやめておくべきであったろう。

ベートーヴェンの場合は、第三、第四、第五が実に堂々としていてさわやかである。第三や第五は特に親しみ易く、名曲中の名曲だというべきだろう。ピアノコンチェルトのベストテンを今ここで選ぶとしたら、私は次の曲をあげよう。ベートーヴェンの第五、モーツアルトの二〇・二四・二六・二七、ショパンとチャイコフスキーの第一、グリークの作品、それにベートーヴェンの第四・第三。

＊

今日は、音楽評論家志鳥栄八郎氏の友人である外科の竹内先生のところへお邪魔した。

実に素晴らしいオーディオ装置でクライバーンとライナーのベートーヴェンピアノコンチェルト第四やトスカニーニのベートーヴェンシンフォニー第五やベームのモーツアルト五五〇等を聞かせて戴いた。とても楽しい一日であった。

＊

若杉弘の指揮する読売日響の演奏を小倉市民会館で聴いた。曲目はワグナーの「ニュルンベルクのマイスタージンガー前奏曲」、ブラームス交響曲第一番、ベートーヴェンの「田園シンフォニー」であった。実に素晴らしい迫力で、いささかも手をぬいていなかった。ブラームスはベーム、ベートーヴェンはワルターのレコードを十分聞いて行ったので心から曲に入りきることが出来たようだ。「マイスタージンガー」は先日ウィーン・フィルとN響のものをラジオで聴いていたけれど、こういう激情的な序曲はやはり演奏会で聴くべきものだろう。三曲のなかではブラームスの第一が最も印象にのこった。あの歓喜のテーマに似たところにたどりついたときは、思わずためいきが出た。

＊

兄上殿、医師国家試験合格おめでとうございる。人間の身体というものは実によく出来たものだと思う。それにしても人間の精神とはまた何と偉大なことよ。それは他のあらゆる動物を凌ぐ宇宙的な広がりに満ちていて、精神が人間にのみ与えられた特権であるということは論を待たない。けれども、人間の精神とはいったい何だろう。人間の体のどこに精神という集合体があるのか。身体と没交渉なる精神は考えられようか。生物には必ず死がある。死は身体の滅亡である。けれども、死は同時にまた哲学や文学を導き出して来た。死を無視した人生論が考えられるであろうか。

世人は常に肉体を蔑視して来た。それは見えるからであり、衰えるからであり、煩悩を持っているからである。しかし、だからこそ、人間は葦のごとく考えるのではないか。だからこそ人間の血はあのように赤く温かいのではないのか。医師の仕事は一種の修理工である。複雑なメカニズムは精妙なる機械など比較にならない。そこにはミクロ的感傷も入り込む余地はない。しかし、人間という存在は、まず生物であり、同時に「心」を持ち、死を自覚する有機体である。

読書感想

（その一）トーマス・マン「トニオ　クレーガー」

執拗なまでの同一表現の音楽的な繰り返し――これを第一の特徴とするなら、人物表現のどこかもう一つの深みに欠ける点は第二に掲げなければならぬものだろう。心理学における人間の性格類型（クレッチマーの肥満型・闘士型・痩身型）のごとく、性格の多様性がみられない。

けれども一面ではこの手法を次のような理由で支持したい。それは、「坊ちゃん」において、あれ程読者をして、赤シャツや野太に対する憤怒の鬼に化すのは、悪漢はあくまでも悪漢であり、どう救いようもない権化であると思わせるからであり、もし彼らに同じ様な人間性（人間的悩みや人間的弱々しさ）を帯びさせたとしたなら、「坊ちゃん」の痛快な面白さは半減するであろう。それは丁度ポートレイトでモデル以外のものをぼかすやり方に似ている。

このように考えてくると、主人公のトニオの苦悩を切実なものにしているのは、実はあのさえない脇役のおかげなのかもしれない。もし源氏物語のように登場人物の一人一人に是認出来得る性格を持たせたならば、この短篇小説はつかみどころのない、また、収拾のつかぬものとなるに違いない（私は源氏物語を批判しているのではない。大河小説には大河小説なりの条件が必要なのだから）。

ところでそのトニオの苦悩とは一赤裸々な一般人と孤独で感傷的な一人の芸術家のどちらにもなりきれないやるせなさ、苛立たしさであると思う。マンの「トニオ」のことを第二の「ヴェルテル」だという人もいるが、後者のテーマと前者のそれとは、ポーズこそ似ているけれど、全く異質なものだと思う。そして、ダンスに興じる仲間達の一途な執心ぶりを眺めながら、シュトルムの「みずうみ」の老人の心に、更には、シラーの「ドン　カルロス」の王の心にひたすら同情するトニオの姿は、そのままマンのアゴニーではなかったのではないだろうか。リュベックの Volksbank にたたずむ北杜夫氏はトニオの心をひしひしと感じたに違いない。

（その2）ゲーテ「若きヴェルテルの悩み」

ナポレオンが七回も読み、作者ゲーテが、「もし『ヴェルテル』が自分のために書かれたと思わぬ人は不幸である」と自ら言ったこの小説の魅力！　数多くの自殺者と強烈なセンセイションをもたらしたこの小説の魅力はいったいどんなところにあるのだろうか。
書簡形式で記された文章を読み進むうちに、人はまるでそれが単なる小説ではなく、自分宛につづられたある一人の若者の魂の赤裸々な告白であることに気づく。しかも、その告白はゲーテ自身の青年期のゲーテ自身の思い出を秘めている。恋する若者のあまりにも常套的なありふれたロマンチズムであり、一途な感傷的情熱の発露にすぎない。例えば、その直線的恋情の盲目性は、次に示す主人公ヴェルテルの感激を描写した部分を読んでも明らかであろう。

——So viel Einfalt bei so viel Verstand, so viel Güte bei so viel Festigkeit, und die Ruhe der Seele bei dem wahren Leben und der Thätigkeit.

訳すと（あれほど知性がありながら、あれほど純朴なのだ。あれほどしっかりしていながらあれほど親切なのだ。そして真実の生命と活動を持ちながら、心の落ちつきを持っているのだ。）——。こういった心理はもの狂おしいほどである。だが、ゲーテはこの文章（前述）の中で一句たりともロッテの身体的美しさを記述してはいない。まるで詩のような語感を供なってすらいる。ヴェルデルの苦しみは、決して「月並み」なのではなく、真に「普遍的」なのであり、読者の心と同質の感情の体験にもとづいている。

（その3）ヘミングウェイ「キリマンジャロの雪」
活動的、行動的作家であり、簡潔な文章家のヘミングウェイはよくフォークナーと比較対照される。彼の生き生きとしたタッチはこの「キリマンジャロの雪」という短篇によく表れていて、実行型の彼をありありと映し出している。フォークナーが「The Bear」の中で用いた表現に「しんちゅうのつばの味」という箇処があったが、この作品の中にも「銅貨でも含んだような味」というところがあって、おもしろい対応だと思う。

さて、雪はいったい何を意味するものだろうか。死に瀕した者があがいてもどうすることも出来ぬ、そして、それ故に狂おしいまでのむなしさ、すなはち全能的虚無であるのか。或いは、人が最期の息をひきとる直前の清らかな恬淡とした心情の象徴であろうか。主人公の男が死を目前にして、精一ぱいの不安と苛立ちをぶつけているとき、それを冷ややかにみているのは、あのハイエナであったのだ。この印象は実に強烈である。「これで万事おしまいということに対する大きな疲労感と怒り」こそは、男の全精神を占めていた偽りのない気持ちであり、そして半ばその「怒り」が諦めに変わるとき、昔の想い出に平安を求める。

だが、この適度に挿入される過去の出来事は、読者にいよいよ主人公の死の予告を確信させている。生の実在感は、かえって死にゆく男をぐいぐいとひき離してしまう。就中、パリの情景は胸をえぐるようであるが、ヘミングウェイ自身、青年期にこのパリで暮らしている。パリは思い出深い街なのだ。

また、例のシュバルツバルト——ここは偶然にもヘッセの故郷である。最後に、ヘミングウェイのセキュラーな表現（それは「チャタレイ夫人」に匹敵するような「日はまた昇る」にも通ずるものだが）は、今や全くすべてを諦めざるを得ない男の心の中の煮え繰り返るような煩悶を表すに絶好である。そして、すべてを整理して最後は清く死にたいと思っている男に、とうとう死は容赦なくやってきたのだ。私はこの短篇をヘミングウェイの長編より高く評価する。

＊

ある年の五月一日
ここちよき春の陽は
肺胞にみちみちて
緑なす風のさわやかさ
医学を学び既に五《いっ》とせ
世はまさにこともなし

おわりに

昭和二十二年から二十四年の間に生れ育ち、昔「現代っ子」と呼ばれて来た我々は、いま「団塊の世代」と呼ばれている。

私は還暦を過ぎた今も仕事を続けており、さして年老いた気もしなかったのだが、昨年、青天の霹靂とでも云うべき「網膜裂孔、硝子体出血」に罹病し、緊急入院した。手術は成功し失明するには至らなかったが、眼科医に「六十歳からの疾患ですよ」と言われ、年齢を意識するとともに、世話になった方々と神に感謝した。入院中「他力」という仏教世界の中に人は生きている事を改めて実感し、また目をつむると竜安寺の「吾唯足るを知る」の筧の水の風景が浮かんだ。老子に「上善は水の如し」という言葉がある。水は何ものにも逆らわず、如何ようにも対応できる柔軟性を有しており、しかも低きに流れながら強さを有している。

病を一つの契機として初心に戻り、人生を振り返ってみたいと思った次第である。

最後にこの本の刊行に当たり、海鳥社の西俊明社長に大変お世話になりました。此処に感謝の意を表します。

二〇〇九年十月三日

渡辺　晋

青春日記

■

2009年11月10日　第1刷発行

■

著者　渡辺　晋

発行者　西　俊明

発行所　有限会社海鳥社
〒810-0074　福岡市中央区長浜3丁目1番16号

電話092（771）0132　FAX092（771）2546

http://www.kaichosha-f.co.jp
印刷・製本　九州コンピュータ印刷

ISBN978－4－87415－750－3

［定価は表紙カバーに表示］